Zen Hae

Zen Hae

The Red Bowl & Other Stories

English translations by Marjie Suanda
German translations by Joshua Ramon Enslin

Zen Hae

The Red Bowl & Other Stories

(a trilingual edition in English, German, and Indonesian)

The Lontar Foundation
Jl. Danau Laut Tawar No. 53
Jakarta 10210 Indonesia
www.lontar.org

BTW is an imprint of the Lontar Foundation

Editorial Team:
John H McGlynn (Senior Editor)
Yusi Avianto Pareanom (Indonesian-language Managing Editor)
Nirwan Dewanto & Nukila Amal (Co-editors)
Pamela Allen (English-language Managing Editor)
Jan Budweg (German-language Managing Editor)
Saira Kasim & Wikan Satriati (Editorial Assistants)

Publication of this book was made possible, in part,
with the generous assistance of BNI 46

Partial funding for its translation was provided by
the Translation Funding Program of Badan Pengembangan
dan Pembinaan Bahasa,
the Ministry of Education and Culture, the Republic of Indonesia.

Design and layout by Emir Hakim Design
Printed in Indonesia by PT Suburmitra Grafistama
ISBN No. 978-602-6978-02-8

Contents

by the way…
(a note from the publisher)

S ince its establishment in 1987, the Lontar Foundation of Jakarta, a non-profit organization devoted to the promotion of Indonesian literature, has focused on the goal of creating a canon of Indonesian literature in English translation. With that as its mission, the Foundation has published close to 200 books containing translations of literary work by several hundred Indonesian authors. In its 28 years of existence, Lontar has published numerous significant and landmark works. By the end of this year, 2015, for instance, Lontar's Modern Library of Indonesia series will contain fifty titles by many of Indonesia's most important authors, with representative literary work spanning the entire twentieth century and beyond. These titles, together with *The Lontar Anthology of Indonesian Drama*, *The Lontar Anthology of Indonesian Short Stories*, and *The Lontar Anthology of Indonesian Poetry*—the latter two of which will be published this year—will make it possible to teach and foster appreciation of Indonesian literature anywhere in the world through the medium of English. Further, with changes in print technology, Lontar's titles are now available throughout the world in a matter of days and for a fraction of the cost in former times.

The authors whose work Lontar has published are recognized by both foreign and Indonesian literary critics and literati as some of the best writers Indonesia has ever produced. Naturally, however, given the scope of time covered by Lontar publications (from the late nineteenth century to the present) many of these authors are now elderly or already deceased. Which is why Lontar has now developed a new imprint, BTW Books, through which the Foundation will now begin to introduce to the world other talented Indonesian writers whose work is hardly known outside the country's borders yet has been deemed by both literary critics and Lontar's editorial board to be worthy of international attention. (In general, authors who already have one or more books available in translation, either in English or another major international language, were not considered for inclusion in this, the first stage, of the series.)

Because of the abundance of talented Indonesian authors, the selection of the first 25 authors was difficult to make, but Lontar's hope is that if the series proves successful in achieving its goal, the Foundation will then be able to produce translations by another 25 authors and then another 25 authors and so on in the years to come.

Because of the not-for-profit nature of Lontar's work, none of Lontar's numerous ventures would be possible without the generosity of others. In the case of BTW Books, Lontar is especially grateful to BNI 46 for its generosity in underwriting a large percentage of the cost of this series' publication. Lontar is also grateful to the authors in this first stage of the series who, in their knowledge of the promotional nature of this series, agreed to forego royalties and other forms of monetary recompense. Lontar must also thank Emir Hakim and his design team; the many talented translators who contributed much valuable time to this project; and, last but not least, my editorial board and staff who selflessly devoted themselves to the goal of making this project a success.

John H McGlynn

Introducing Zen Hae

Zen Hae is one of Indonesia's foremost writers of prose, poetry, and literary criticism. He was born in Jakarta, April 12, 1970 and has a degree in language and literature from **IKIP** Jakarta (now the State University of Jakarta). His long history of engagement with Indonesian literature includes an early career in journalism; and he has also been a scriptwriter, part-time lecturer, NGO activist, and actor.

As a resident of Jakarta and native Betawi–the ethnic group who were the original inhabitants of Jakarta–he often writes on the theme of Betawi people in the face of the city's dynamic changes in hectic modern metropolitan life. His deep understanding of the psyche of the Betawi people is revealed in his stories in the insertions of typical Betawi expressions amidst his well-ordered Indonesian. The characters, who are sympathetically portrayed, are often common people such as scavengers, minor land brokers, or performers of traditional Betawi arts like *wayang cokek* and *tanjidor*, who, like other traditional artists in Indonesia, are disappearing under the onslaught of modern life, in the same way that inherited ancestral lands are being turned into real estate, toll roads, or Jakarta skyscrapers.

One character and motif which often appears in the works of Zen Hae is the cunning marital arts (*silat*) master. Although there are a number of books (and also a well-established tradition of comics) that retell the legends of *silat* masters, it is rare to find literary works with the theme of martial arts masters and their world in contemporary Indonesian writing. Zen Hae's familiarity with stories of *silat* and martial arts masters is not surprising; he has studied martial arts since he was young.

His short stories are rich with thrilling fights, schools of martial arts, palm wine, *zikir* (repetitive, chanted prayers), wayside food stalls, revenge for a death, and masters who dart past flying amongst the trees of a forest. As a poet, his descriptions of fights can be terrifying. His short stories are a kind of folk tale in which masters from a time long ago are present and relevant with their expertise and patience in the midst of grinding modernity.

Zen Hae has produced two books: a collection of short stories *Rumah Kawin* (*The Wedding House,*

2004) and a book of poems, *Paus Merah Jambu* (*The Pink Whale*, 2007). The latter was among the top five of the Khatulistiwa Literary Award 2008 and named "Best Literary Work of 2007" by *Tempo* magazine. He served on the Literary Committee of the Jakarta Arts Council for two periods (2006–2012), and has worked as Chief Editor at Komunitas Salihara, Jakarta since 2013.

Nukila Amal

The Red Bowl

The Red Bowl School of Martial Arts had been closed for a long time. But one afternoon someone revived it. It all began at the police office, with a bit of a prelude at the station.

Thus it was that Friday, February 8, 2008 would later be recorded as a day of mourning at The Pintu Duabelas train station. At 16.53 on the station clock, when passengers, happy that the weekend had begun, were swarming about, and the sun seemed to have been printed the color of a ripe papaya, someone rapped on the door to the office of the station master, Triman Djoewir AS. The knocks sounded hard and impatient.

"I'm not deaf," snapped Triman. "You don't need to knock more than three times."

The knocking persisted.

Triman opened the door to an old man who was an inexcusable combination of Sufi, martial arts master, beggar, itinerant hawker and cockroach. The

3

old man stood, head bowed, three steps from the door. He was wearing a bamboo hood; a rattan bag was slung over his shoulder; his shirt and pants were made of rough, brownish cotton with hand-sewn patches here and there, and his sandals were made from old tires. His left hand was holding out a red bowl, while his right hand rested on a staff of yellow bamboo supporting his thin, stooped body, which looked like it would blow away if struck by an afternoon breeze.

"I don't have any change. Sorry," said Triman.

Triman tried to shut the door quickly but the malodorous old man raised his head. His face was clear, the face of a man who had distilled endless days of hunger into a kind of merriment that could not be shared with others. But that was marred by a scar on his left cheek; like a centipede the length of a forefinger, it crossed from his ear to his lips. His eyes had a piercing stare and slowly it ate away at Triman's aggravation. Triman felt like something had struck his heart, making it beat faster and harder. This was intensified when the old man said, "Give your confession, Triman Dower Alaihi Sukru."

Triman felt as if some scorpion from his past had come back to sting him. Only one person had ever used that word play on him. Someone who had changed "Djoewir" to "Dower" and expanded "AS" to *alaihi sukru*, meaning "drunk for him" or "someone who is always drunk", even though the initials actually stood for Agoes Soetedjo, Triman's father. That joke had only ever been used by Idris bin Muharram Lio alias Deris Baplang, a friend of his when they were both students at an Islamic *pesantren* in Pandegelang, Banten. Idris had given him the title after witnessing Triman staggering home to the dormitory near dawn on numerous occasions. But, as he recalled, Deris Baplang had an erect posture and a thick moustache. And Triman hadn't met that pesky friend of his, the thought of whom made him nostalgic, since they had both run away from school because they could not stand having to memorize 1,000 verses of the book of *nahwu-sharaf, Alfiyah* by Ibnu Malik.

The old man seemed to know what he was thinking. "Don't beat about the bush. Tell me about something very stressful that happened in your life in February 1972."

"Yeah…. That was a long time ago. As I recall that was a leap year, because my son Bagas Aria

Djoewir was born on the night of Tuesday, February 29. My wife almost died from loss of blood. But my son was healthy and now he is about to turn nine.

"456 hours before the birth of your only child."

Triman's memory went back over the best and worst years of his life, and returned exhausted and ragged. He remembered how he was investigated at the police office in the middle of the night, though no further action was taken. The train he was driving had hit and killed a beggar with a maimed left arm as the dusk *magrib* prayer approached. "But I didn't kill that beggar," he said.

"You insult my teacher."

"I'm sorry. I didn't know that beggar was your teacher."

"He was not a beggar. He was Muhammad Naim, the leader and teacher of the Red Bowl School of Martial Arts."

With a face as white as a daikon radish and nausea beginning to overtake him, Triman looked again at the bowl.

"Why didn't you stop your train?"

"I tried as hard as I could and I succeeded. But from the locomotive window I could see your teacher raise his hand and say a few indecipherable words. Suddenly the train lurched forward again, as if being sucked by his body."

"Aha, you killed him on purpose."

"He intended to commit suicide."

"You insult my teacher again, you damned engineer."

"I am the best engineer who ever worked for the train service in this city. The man you say was your teacher was the first and last person I hit over the ten years of my career as an engineer. After that, many times I was awoken by nightmares. But my friends tried to humor me and said that was a normal thing. 'You can't possibly stop a moth from hunting for the light and dying as a result', they said."

"You hit and killed a man, not a moth, a man with two wives and thirteen children, plus eight fine students. His death caused so much grief. His school closed, his wives and children were thrown into turmoil, and his students were distraught."

"Forgive me. But, again, I did not murder your teacher. And it's too late for revenge."

"Revenge is like a hereditary disease, Triman. It can only be stopped by being paid off."

"For the third time I ask you, forgive me. I too have visited the grave of your teacher, visited his wives and children and begged for their forgiveness."

"Good. But that cannot cancel my intention."

Triman felt the final vision of Muhammad Naim's face in the face of this old man who was bullying him. It was a face that invited death.

"Nice watch," the old man surprised him. "By the way, what time does the express train pass by?"

Triman looked at his watch. "In less than two minutes."

"It's almost time."

The old man then tapped the red bowl with his bamboo staff. Three times. He turned the bowl around in his hand in a counter clockwise direction, slowly at first, then faster and faster, creating a kind of whirlwind. Then he drew the bowl in to his chest and left the whirlwind to spin wildly on its own;

spinning butts, torn ticket stubs, ripped newspapers, gravel and dust. Several people watching the magic clapped their hands, but some also held their breath. The old man flipped his bamboo staff so that the whirlwind changed direction and spun Triman, who fell and wet his pants. Triman screamed, but his screams were not as loud as the whistle of the express train that would arrive momentarily. Others screamed too. When the train entered the station the old man stomped his right foot while flicking his bamboo staff as hard as possible and shouting *"hhiiaaaaat"* in a hoarse voice. The whirlwind jumped onto the rail and the train ran into it.

Triman Djoewir AS was dead. The old man looked pleased.

The old man said his name was Raisan bin Duloh Benggol alias Rais Belur, the first student of the Red Bowl School of Martial Arts. He did not resist when two policemen rounded him up and took him to the Pintu Duabelas Police Station. All night he was kept in a cell with thieves, muggers and professional gangsters. The next morning he gave an important confession to the police regarding the school. His confession was accompanied by persistent coughing and an exhausted look on his face from which he could not recover.

The Red Bowl was established by Muhammad Naim after he quit the gangster world in the late 1950s. Until his death he had only accepted eight pupils. Rais and his friends at that school did not just study martial arts; they also learned meditation and mystical practices. Begging was something that could only be practiced outside their neighborhood and only when absolutely necessary. When they begged, the only thing they were required to carry was a red bowl, the symbol of the school; anything else they carried depended on their individual needs.

"At first our school did not have a name," he said. "But one Sunday night, after the practice session, our revered teacher, without setting out to do so, created a new set of movements with a red bowl, the bowl we always used to eat mung bean porridge after each practice session. The movements were deadly and could produce a whirlwind that could suck up the life of a living being which it spun. That was when people started calling our school the Red Bowl School. Like the brand of MSG and the name of a restaurant."

The policeman stole a glance at the red bowl sitting on the table, which was evidence in the case. He wanted to touch it but he controlled himself.

"Go on."

"Our school did indeed teach mystical practices. We venerated the makers of pottery, coconut trees, mung beans and ginger, as well as salt farmers. We also gave respect to the wind that blew in circles and the dust that gathered and made it hard to breath. We even loved and venerated beggars as the perfect face of God on earth. We prayed facing the direction of the beggars' neighborhood.

"We believed that when someone dies, they will return to life as something they mention in the agony of death. So we all made a commitment not to mention anything that we hated. Imagine if we were to be reborn as our teacher's murderer, or as a leaky pot. We wanted to be reborn as our teacher, whom we respected."

"Quit the digressing," snapped the policeman, pounding the table in front of him. The red bowl spun but Rais Belur quickly stopped it with his right hand. "Focus."

"OK," said Rais Belur, shifting his bottom on the seat. "Triman Djoewir AS was a complete liar. He was an old enemy of our revered teacher. The opponent of all opponents. Hopefully God will boil his soul in hell. Actually, our revered teacher had already killed him one full moon night in an exhausting contest in a rice field. He was still called Rimat Gonggo at that time. But then the villain was reborn as an engineer, then a stationmaster. He searched for our teacher's weakness, and on that fateful day succeeded in killing him, a day before his seventy-seventh birthday.

"Couldn't it be that someone as old as your teacher died of natural causes? Of old age or something?" interrupted the policeman.

"It's possible. Death is not only a matter of time and place, but also a matter of reasons. Triman had succeeded in finding out the secret of our revered teacher's death. He could only die on a train track, hit by a train, and Rimat Gonggo had once used that material to make the most powerful machete, a machete that our teacher had used to finish off his old enemy. Rimat Gonggo planned the murder so well so that all people knew was that our teacher had died in an accident."

Rais Belur paused. He coughed again. With difficulty he brought his breathing back under control, and in a lower voice he continued, "He also used two magical spirits. Their job was to escort our teacher so he would be sure to cross a railroad track moments before his death."

"Oh…" The policeman sat for a while, bewildered, before finally nodding like a woodpecker. "But why did you wait until now to take revenge?"

"In fact we tried several times to finish him off. But he always escaped. One night we apprehended him just as he was going home. We dragged him by motorcycle along the asphalt. On a rocky cliff we pounded him, using the red bowl movements, until his head was beaten to a pulp, and we threw his body into the river. But the next day he was back at his house. His head only had a few bruises on it. We also once sawed his body into three parts and buried them in three different places. A week later he was promoted to stationmaster. The final time we burned his body in a garbage dump, but a month later he appeared looking ten years younger.

"This is supernatural. Magic. Crazy," shouted the policeman. Then he pulled out two cigarettes, one for himself and one for Rais Belur. "To keep you on course," he said. They dragged on their cigarettes with the relish of storytellers. "Go on."

"We were overwhelmed by profound resentment and extreme frustration because we could not eliminate this mortal enemy of ours. Eventually one by one we fell ill and died. I didn't know how to get out of this vicious cycle. Now I'm the only one left."

"Then how did you discover the secret of Triman's death?"

"I spied on him. In order to do so, I have had to transform myself into a mass of ants or a lonely lizard or a hungry sparrow. I followed him everywhere; I watched his every move; I memorized everything he said—how he confessed his secrets—until I knew everything about him. Once just for fun, I became him. This confused his wife because Triman was in his office and in his living room at the same time, reading the morning newspaper.

"Amazing…" the policeman whispered and rubbed his brow.

"And one night I spied on Triman finishing up a martial arts lesson for his only son, in a valley not far from his house. It turns out the sets of movements were the same as those of our revered teacher. Except for one thing: he did not have the Red Bowl movements. This convinced me. Not only did they study from the same teacher, they were also doubles. They were enemies, but they also yearned for each other as well as wanting to kill each other. They were like shadow images, one fell to the left, and the other fell to the right. I also became convinced that he too would die by being hit by a train. What I did not know was precisely when."

"Yesterday?"

"Or maybe tomorrow, because Sunday, February 10, 2008 is the thirty-sixth anniversary of the death of our revered teacher, or the tenth in leap years. As a double of my revered teacher Triman might die on the same date. But Saturday and Sunday he was taking off work to visit a relative in Cisaat, Sukabumi. There is a train line there, but the Sukabumi-Bogor train does not go through there anymore. That is why he died yesterday at Pintu Duabelas."

"Just a moment… seems to me that your sentence about spying on him did not come from you. As I recall someone else once said that."

"It was all mine."

"You're wrong."

"I'm right," he said. "Because I am the one called Muhammad Naim bin Marjuki Tengkek alias Naim Semar alias Rais Belur alias Jiman Lodong alias Raden Ngalim alias Kim Cheng Jangkung alias Nyai Menor alias Daeng Komit alias Mat Lope alias Deris Baplang…

Mat Deroih and
His Horse Mustajab

To put it briefly, Mat Deroih is a martial arts master, or at least that's what he calls himself. In a slightly longer version, he is a master on horseback. Horse riding is his passion and for that reason he has perfected his warrior image by buying a horse that he named Mustajab, meaning 'efficacious'. He constructed a theory about being a martial arts master, which goes something like this: A master should not be in the public eye for too long. He must not show off just so people know he is a master. He may only be out in public when his assistance is needed. After providing his energy and skills, he must quickly retreat to the mountains or the forest, or wherever, in order to refine or enrich his martial arts moves. At such times he must be comfortable to be alone. "And, gentlemen," said Mat Deroih, "to get around he must ride a horse."

It was a theory he created, unsolicited, to share with some people in a food stall. At the time, he was on his way home after buying a horse in the hamlet of Ladam Tujuh, a settlement of horse breeders located behind Mt Macan, and he stopped off at the food stall to eat and rest. The stall was a hut with pillars made from the trunks of coconut trees, a roof of palm thatch, and walls with the bottom part made of roughly planed albizia wood and woven black bamboo matting covering the top. On the front and on the left, half of the upper part of the walls could be opened and shut to show whether or not the stall was open for business. Inside were five medium-sized bamboo platforms covered with mats of woven pandanus leaves. There were no chairs. The place for displaying food and cooking was in the back right hand corner. At midday in the dry season, the stall looked well shaded, because the building stood beneath two large, leafy rain trees. The yard was empty, with river stones the size of big toes scattered over the ground. In each corner at the front grew an eggfruit tree and a star gooseberry tree, with a line of Indian camphorweed bushes functioning as a hedge. Mat Deroih tied his horse to the trunk of the star gooseberry tree.

As soon as he entered, an almost toothless old man welcomed him and invited him to take a seat on an empty platform. He headed for the one in the front corner. He had hoped to be able to sit in the back corner so he could hear the murmuring sounds of the stream behind the stall, but that platform was already taken by four men drinking palm wine. The owner of the stall had offered him the best dishes on the menu, and he had accepted without further discussion. While waiting for his order to come, he observed the four drinking men. He was intrigued by their drinking style. They didn't laugh, nor did they raise their voices and make a ruckus, like the group of shady drinkers he had defeated on a Cap Go Meh night. They just bobbed their heads up and down, to the front, to the right and to the left, each one three times with their eyes shut. Sometimes they hummed together. Their ruddy faces appeared content, with just one or two drops of perspiration beginning to form.

At that point, a young woman arrived carrying Mat Deroih's order on two trays. The first tray contained a small bamboo container of rice, a spicy snakehead murrel stew and some fried eel; while the second tray held roasted *pete* or stinky beans, hot chili and shrimp paste sauce, a cool drink of young coconut, water and palm sugar, and a finger bowl. I will not attempt to describe how delicious this feast was; I'll leave that as material for those who are crazy about food and because of their obsession always feel like they have sinned against hungry people everywhere in the world. But I will go on to describe how curious Mat Deroih was about those drinkers. How could they possibly mix the chanted Islamic prayer *dzikir* with alcohol, as if combining heaven with hell?

Out of curiosity, Mat Deroih ordered a bottle of palm wine after finishing his meal. He hoped it would warm his body as he prepared for the journey home. With the first gulp he imagined hell burning all the drinkers on the face of the earth. With the second gulp he imagined heaven with a river flowing not with milk but with palm wine, a river into which everyone could dive and swim. With the third gulp he imagined a reddish-brown horse neighing amidst the flames. When he opened his eyes he could still hear the sound of the horse; it turned out to be his own horse neighing. One of the drinkers, who still seemed fairly sober, raised his bottle in his direction and he responded by doing the same. The man then approached Deroih, carrying a ceramic bottle in his right hand. Deroih moved over to make room for his guest.

"This is the first time I've ever seen someone on horseback stop here," said the man, looking out at the solitary horse in the yard.

Mat Deroih just smiled. He closed his eyes again to savor the bitterness flowing down his throat and spreading warmth slowly and secretly through his body, with a slight tartness that he felt catching at the base of his throat. "Heeemmmm…" he said, full of appreciation. When he opened his eyes he found that the man next to him had his eyes glued to the handle of the machete stuck between Deroih's waist and the cloth bag he carried. Mat Deroih waited to see what the man would do next. But he just returned his attention to the horse, which neighed as it rubbed its neck on the trunk of the star gooseberry tree. Once in a while the horse lifted its two front legs. "Sssyyaahh," said Mat Deroih and his horse settled down.

"As far as I know, no one around here has a horse."

"Yes, I'm from the north. Just stopping by."

"Fine animal. Where did you buy it?"

"Ladam Tujuh. I've not had it long."

"I see…"

Hearing mention of the name of the hamlet, the three drinkers on the next platform turned to look. Then they returned to their devout head-bobbing. The man at Deroih's platform turned his attention again to the reddish brown horse as it began to stomp its hooves. "By the way, what kind of horse is it?"

"Oh... a Sandalwood Pony, from Sumba. But it also has some Arabian."

"Tsk... tsk... tsk..." The man had stopped looking at the horse and was now focused on Mat Deroih's machete and cloth bag. "An Arabian horse? Can this kind of horse neigh in Arabic?"

Mat Deroih choked on his drink, then laughed. The other drinkers laughed too. "*Nahayaqa al-hishanu bil lughatil 'Arabiyah. Masya Allahhh. Almustahilun,*" said one of them.

Again they laughed, emitting a fine spray of palm wine as they did so.

"Have you ever ridden a horse?" asked Mat Deroih.

"I have often ridden in a horse drawn carriage. But alone like you, never."

"Riding a horse is a virtue."

"A virtue?"

"Yes, the virtue of a master."

"Oh really?"

Then Mat Deroih returned to drinking his palm wine. He told of the virtues of a master as quoted at the beginning of this story. The man beside him nodded, as if he were listening to the speech of a *sayid*, a descendant of the Prophet. The other drinkers listened as well; they seemed to be paying close attention to what Deroih was saying. Every once in a while they responded, "Good... good..." And that encouraged Mat Deroih to go on espousing his theory with increased enthusiasm. They also say that a master who rides a horse is more virtuous than one who rides in a mini-van, on a train or a ship, and especially more than one who walks. He had once seen a martial arts master riding on a bamboo raft crossing the Cisadane River. The man wore the shirt of a Hajj pilgrim and black pants along with a red hat that covered his head and neck. His right hand grasped the handle of a shiny black machete. He looked strong, but also slow and over burdened.

"What could he do in the middle of a flooded river full of garbage and smelling of rotting corpses?" asked Mat Deroih.

Riding a horse, explained Mat Deroih, involves speed and at the same time a heroic solitude that is at one with nature. How heroic is a master who advances to the battlefield on horseback, grasping the reins in his left hand, his right hand waving his machete in the air, his horse rearing its two front legs. Was that not a stunning image of a master fighter; just like Prince Diponegoro, with his *keris*, his seven-curved sword.

"Prince Diponegoro?" someone from the platform responded.

"Our hero?" added another.

"Correct," answered Mat Deroih.

"In the name of the horses galloping in the morning. In the name of the land and our ancestors buried within it, destroy the white infidels that have stolen our land. Prepare yourselves for this Holy War. *Allahu Akbar...*" shouted the man who had responded earlier, before collapsing onto the bamboo platform.

"*Ollohu akebarrr.*"

"Bbeerrrrgghhh…"

Mat Deroih no longer had an audience; those who had been listening were now fast asleep, snoring contentedly. So he ended his two-bottles-of-palm-wine lecture. What a strange bunch, he thought to himself as he strode over to the owner of the stall. "I feel as if I know that one that looks like a Tartar soldier," he half whispered. "Like…"

"Like what, Sir?" the owner replied, also half whispering.

"Ah… But I'm not really sure…. Do they come here often?"

"They do come here often. But only to drink palm wine. I once asked why they drink like that. They said it was called 'palm wine *dzikir*.'"

"Palm wine *dzikir*?"

"Yes, they just bob their heads up and down until they fall into a deep sleep," answered the food stall owner. "Do they look dangerous to you?"

"Not yet."

Mat Deroih paid for his food and drinks. With slightly heavier steps than when he came in, he headed for the door. He searched for the afternoon sun, which was hidden by the dense trees across the way. It was just past the time for the afternoon *Asar* prayers, but it seemed darker than usual. He massaged his temples. "Thanks for the palm wine. It's top quality," he said to the stall owner.

"You're welcome, Sir. You aren't interested in taking some home?"

"*Innn... Innamal khamru... Innamal khammm...* Mmberrrggggghhh," came the sound of someone mumbling from the bamboo platform.

"Ah, some drunk is making fun of me."

As he left, Mat Deroih reflected on what comical characters these members of the palm wine *zikir* council were. The one who'd said those few words in Arabic, he didn't even have a proper moustache, one of the criteria for being a master. All he had were a few bristles on each side of his mouth. When he cleared his throat it sounded like someone had trodden on an empty milk can. As for the guy who had come over to him, he couldn't even close his mouth when he was listening to someone else talking. His mouth was like one of those tropical pitcher plants inviting the flies in. The other two were just hopeless, exhausted peasants.

Astride his horse, Mat Deroih was still thinking about them. He tried to imitate their humming but could not do so. "It's like I have heard that tune before," he said to himself. Racking his brains, finally he came to a song he had faintly heard coming from the mouth of the breeder who had sold him his horse. At the time he'd been hoping for a slightly longer sleep in the room provided for him, but from the dawn *Subuh* prayers onwards the host was up taking care of his horses. It turns out that three families of horse breeders sang the same quatrain as they fed, bathed or brushed their horses. It went like this:

A horse eats on a rock

Search an ant hole for a crock

Don't make your fist too stiff

Pull your arm in front of your midriff

Hup!

Search a crock in an ant hole

Horses' reward is a dragon fish

Pull your arm in front of your belly

Horse stance should not be like jelly

Eit!

If a horse has three nails

Sometimes though no one avails

If the time has already come 'round

A use for horses is not to be found

Hai!

That was what they kept on singing over and over until they finished their work.

So what was the relationship between the drinkers and the horse breeders on the other side of that mountain? That was what Mat Deroih could not answer. Now he was able to hum the tune like the palm

28

wine drinkers. He puffed on his hands to chase away the cold. As dusk approached, the forest air chilled his skin, but he was still warm on the inside from the palm wine he had drunk. As he crossed a rubber plantation he began to see stretches of crimson rays of the afternoon sun filtering through. Suddenly he heard what sounded like the beating of bat wings behind him. A bit early for bats, he thought. As it turned out, it was not bats, but some figures that looked like rolls of black cloth flying like bursts of energy past him and his horse. One… two… three…. Once they had shot past they turned right and vanished behind the cover of the rubber trees. Afraid that something would happen, Mat Deroih gripped the handle of his machete and stopped Mustajab. Suddenly the black figures returned and dashed straight towards him, then behind him. Mustajab neighed and stomped his front hooves. Mat Deroih pulled at the rein until the horse turned around. The black figures could be seen elegantly perched on branches of the rubber trees. Mat Deroih was still shocked; the figures jumped down, the gravel crunching as their feet slammed into the ground.

"Excuse us, Brother, we are interrupting your journey," said one of them while lifting his right hand.

Mat Deroih recognized the face of this interceptor. It was the man most devoutly drinking palm wine at the stall earlier, the one who looked like a Tartar soldier. He recognized his two friends as well; they had been slouched forward bobbing their heads and holding their bodies up with both arms resting on the bamboo platform so as not to fall over drunk. But where was the man with the gaping mouth like a pitcher plant? How was it possible that these men, who had been so drunk, could be so fresh now? And how did they have the skills to fly so well?

"We have superseded both the horse and the horse stance," said the one who looked like a Tartar soldier. "For us the horse is the past. The best martial arts master is one who doesn't have a horse. Nor does he walk or take a bamboo raft, let alone a minivan or train. The best master is a bird."

"A bird... a falcon warrior?"

"Ha-ha-ha. Finally you recognize us," said the one who looked like a Tartar soldier, wiping his pathetic moustache.

"Good, good," said his men.

"I have no business with you."

"We have business with whoever has a crossbreed horse from the hamlet of Ladam Tujuh."

"I did not steal this horse from anyone, I bought him."

"You bought a horse from villagers who honor horses more than God. You are a supporter of people who pray to horses."

"You're all completely crazy."

"Whosoever puts other gods before God must be exterminated, especially the animal that has turned them into pagans. We've sent the rest of them to hell. Now all that is left is you and your horse."

In a flash Mat Deroih envisioned the destruction of the horse breeders' hamlet that he had just left the day before. Horses, stables, houses, silos, men, women, children, singing... "You are irrational hypocrites."

"We are simply defending God and fighting His enemies."

Mat Deroih said nothing, but he did not take his eyes off the one who looked like a Tartar soldier.

"You're done for…"

"Finish him off!"

The two men who had been standing ready took off in the direction of Mat Deroih. Their flying movements really were like a falcon trying to swoop and seize a chick. Their crossed machetes resembled a falcon's open beak, ready to swallow the head of Mat Deroih. But he quickly pulled the reins so that his horse neighed and reared its front legs. The two flying bodies collided with the horse and their machetes struck his horseshoes. Mat Deroih's horse went wild because its leg had been wounded by the blades of the machetes; he stomped his hooves and his two attackers were thrown backwards. Their bodies rolled in the air then they landed upright on the ground assuming the stance of horses. Mat Deroih jumped off his horse and his beloved mount moved to the side of the road. This time he was more prepared with his machete drawn. For the second time the two falcon warriors lunged in his direction. Their machetes were pointed straight ahead so at exactly the right moment Mat Deroih did a 360-degree turn, blocking them from both sides in the process. Two loud clangs could be heard. Once more his movements blocked to the right and thrust hard to the front, catching his two attackers off guard. Mat Deroih drew his machete as they screamed almost in unison. One of them clutched his stomach, which was ripped open and spewing blood; the other's stomach was also slashed and his right hand was lopped off. Blood mixed with a thick yellow liquid dripped slowly from the end of Mat Deroih's machete, which was pointing up at the face of the maimed man. "Move aside before I make mincemeat of your other arm," he said.

The maimed man shuffled off with his right arm still spewing blood. He trembled in pain, leaving his hand lying in the middle of the road. Meanwhile, his friend was sprawled out with both hands trying to hang on to his intestines, which were protruding from the gaping wound in his stomach. As evening fell, the Angel of Death seemed to be waiting for the two of them behind a rubber tree. And that made the man who looked like a Tartar soldier both fearful and furious. So he pulled out his machete, but Mat Deroih held him with the point of his machete.

"Now I remember who you are. This morning you were disguised as a boiled peanuts vendor in front of where I stayed."

"Yes. We destroyed the village of horse breeders not long after you left. I got your name from the last horse breeder before he was killed."

"You will die more in vain than they did."

"I will not die before your corpse is lying in front of me."

"Very well. But before that I will tell you one more thing about horses."

The man who looked like a Tartar soldier firmed up his horse stance, crossing his machetes at his chest.

"You know that from horses we learned the term 'horse stance'. We all know what that means, right? Without horses and horse stances there would be no masters."

Dear reader, here is the next theory about horses and masters from Mat Deroih. If it were to be retold, it would go something like this: The horse stance in any martial art determines whether a fighter's defense is firm or not. In a number of forms of martial arts that developed in Betawi and surrounding regions over the past hundred years, the horse stance is formed by placing the right and left legs diagonally across from each other, feet planted firmly on the ground with knees bent at an angle of about one hundred degrees. This fully prepared and alert position can move here and there by brushing the sole of the foot from the outside to the inside so that it touches the sole of the other foot and then moves out in a shape like a boomerang with the position still diagonal.

"Remember," said Mat Deroih, "in a strong horse stance one finds a great martial artist."

"It bores me hearing you run off at the mouth!"

"Prepare to swim in a pool of your own blood, you scoundrel."

"Hiaaatt!"

And so, as noted in the report of the City Sector Command of Mt Macan, Muhtar bin Sirun alias Metar Betok (the name of the man who looked like a Tartar soldier), along with his two friends Nisan Bakot and Ali Derun, were found murdered by the side of the road, five kilometers from the first climbing post at Mt Macan, on August 23, 1965. His body was sprawled on the ground with his neck broken. People found the corpse in a position as if it was swimming in a pool of blood and a colony of ants.

As for Mat Deroih, his back had been slashed by Metar Betok's machete, from his left armpit diagonally downwards, almost two hand spans in length. He had tied his bag, which had been torn from the slash, around his waist. His wound still bleeding, he raced his wounded horse across the rubber forest and then turned onto the rice fields. Nighttime and its injury made the horse slower than usual. Mat Deroih searched for the house of a healer who had once helped his teacher after defeating Rimat Gonggo. The healer was a duck farmer by day. His house was hidden behind the paddy fields, accessible only on foot. He led his horse across the paddy fields with his feet and the horse's hooves slipping a few times in the mud. By the time they arrived in front of the healer's house, his white shirt was completely red. The old man he was looking for was pumping up his Petromax lantern when Mat Deroih collapsed in his yard. "I am a student of Muhammad Naim," he said as the healer approached him.

"Yeah, that boy hasn't been here in a long time," replied the old man. Without saying much more, he supported Mat Deroih into his house and laid him face down on a wooden sleeping platform. He examined Mat Deroih's wound carefully. "Luckily the machete that made this wound was not poisoned," he said. "If it had been, you would have died in the middle of the paddy field."

"Falcon warriors…"

"I know who they are."

That night the healer used his own methods to nurse the wound on Mat Deroih's back. After cleaning it with warm water, he gave Mat Deroih a bottle of Chinese wine. "Drink," he said. Mat Deroih gaped at him. "Drink or you will scream when I sew up your wound."

With recovery the only thing on his mind, Mat Deroih drank down the wine. It was stronger than the palm wine he had drunk at the food stall. He looked at the face of the healer who, without looking up, was preparing a needle and thread. The healer sterilized the needle in the lantern flame. Then he said, "Finish it."

So Mat Deroih gulped down the wine as he fought the pain in his back. He had no memory of how the healer sewed up his wound, because he fell asleep before it was over. That night he slept without any dreams until the noise of the ducks from behind the house woke him in the morning.

The healer took care of Mat Deroih for three weeks. Besides nursing his wounds, the old man massaged Mat Deroih's body and taught him several important additional fighting moves. When his wound was beginning to dry up, Mat Deroih decided to continue his journey home. His horse had also healed. But the healer stopped him. "Don't go wandering about yet. People, especially the police, are still looking for you. Stay here a few more days until you have learned the movements completely," he said.

When it seemed safe enough, Mat Deroih said goodbye to the healer. But the old man asked that he leave his horse behind. "Leave your horse. He's safe here. I will take care of him. Just take this staff and your bag. Pretend to be a beggar."

Pretend to be a beggar? Mat Deroih had studied martial arts and other skills from Muhammad Naim, the head of the Red Bowl School of Martial Arts, although his teacher only acknowledged eight pupils, and that did not include him. And the students of the Red Bowl School usually acted like beggars when they traveled far. But he did not want to act like a beggar; that way of life was an insult to people like him. For him, acting like a beggar was a waste of human intellect and power.

"You don't have a lot of choices. Acting like this is the safest for you right now," said the healer, staring closely at Mat Deroih. "In fact, the noblest of warriors is he who walks."

Walk? Mat Deroih had in fact spent almost all his money on the horse and on food and drink at food stalls. He had only a few coins remaining in his pocket. Only enough for a cup of coffee and two pieces of boiled taro.

"I don't have any more money for you. This is for lunch," said the healer as he handed over three coins. "But you can sell these if you need money to get home and have a little fun," he said, handing him a bamboo basket of duck eggs.

So Mat Deroih bid farewell and left the healer's hut, gifts in hand. He crossed the track between some bushes and the field he had walked through

when so seriously wounded. Walking there now
made him able to smell his own blood, as he recalled
the exhausted neighing of his beloved horse on that
night of death. Now he really did look like a beggar,
and if it were not for the fact that he appreciated
all the help and generosity of the healer cum duck
farmer, he would have thrown away everything that
he had been given. He continued along the dirt
road until it reached the main road; if he turned left
it would lead to the place where he had fought with
the falcon warriors. He turned right and headed
north on the left-hand side of the road, pulling the
front of his hat down over his face. After he became
weary of walking with a rumbling stomach, he found
a food stall. There were a lot of people eating lunch
there; the place was full of the low noises of people's
voices, the smacking of lips, the clinks of spoons on
plates, burping and the whistling of people who
were sated and happy. Cautiously he approached
a bearded man who was serving rice in the back
corner whom he felt certain was the owner. Three
meters away to his right four men were enjoying the
food on their table. The smell of the food on the
table and in the kitchen was torture to his stomach.
But he withstood his suffering until he felt ready to

speak to the man he had approached. "Sir, would you like to buy my duck eggs?"

"How many are there?"

"Thirty."

"Come this way." The man handed the rice to the waiter, who was standing ready with a tray of grilled chicken, hot chili sauce and iced drinks. Then he took a look at the eggs Mat Deroih was offering. "What kind of duck eggs are these? They're very blue, aren't they?"

"Cibatok ducks. Native Sundanese."

"First I've ever heard of them."

Suddenly one of the men eating at the table chimed in, "Can your ducks quack in Sundanese?"

The other diners immediately began laughing. But Mat Deroih did not. That voice seemed familiar to him. Slowly he turned and looked at the man who had just asked the question, a man wearing a black felt hat decorated with a bird's feather. His mouth gaped open when he made eye contact with Mat Deroih. But Mat Deroih smiled at him as he calmly slipped his machete handle from under his shirt. The man who had asked the question responded to the smile with the Islamic greeting "*Assalamualaikum.*"

Mat Deroih did not answer the greeting. As he stepped forward he knew what he must do next.

The Crow

No one and nothing in this world can protect you from the revenge of a crow. Not even if you hide in your mother's womb. You will die a day before your birthday. Like the nut of a kenari tree, you will fall and crack on a rock. Kkkkhhaaaaaakk!

Just before the one-hundredth jump Ihsan Gagak (The Crow) Riman began to see stars. His knee joints were aching and inflamed. His head was heavy. His body was leaning at a thirty-one-degree angle. Everything before his eyes changed color to a reddish-black. All kinds of sounds became softer. Death, foretold in a bad dream, seemed to be right in front of his nose.

However, a fraction before he collapsed on the pavement, a man with black wings caught him. With well-practiced moves he flew off, carrying Ihsan Gagak Riman away. Meanwhile a number of people who had witnessed the miraculous act could only stand there dumbfounded, saying the names of the Lord, their mothers and their pets. After crossing a man-made lake, cutting through a gap in the trees, leaping over the roof of a gigantic cage and almost running into an egret, the man-bird landed on a bench behind a bougainvillea bush. On the concrete bench, which was beginning to crack and get covered in moss, he helped Ihsan Gagak Riman remove the crow's head mask, take the wings off his back and massage his neck and temples. Ihsan Gagak Riman could now see the world once again with vision as fresh as a ripe lime.

"Thanks," he said, his voice still shaky. "My name is Ihsan Gagak Riman, but people call me Cangkriman. I'm the mascot of this bird park."

"I'm Garifin, Muhammad Gagak Arifin, an ordinary visitor."

With a sense of amazement and gratitude Cangkriman studied every inch of Garifin's body. But what caught most of his attention was the man's wings. These wings did not require the up and down movement of a pair of arms for their owner to fly. These wings were far sturdier and resembled real wings much more than the handmade wings he wore all the time. The base of the two wings was attached to Garifin's shoulder blades, covered by a long, reddish maroon shirt that went down to his knees. The feathers were arranged neatly and shone when hit by the late afternoon sun, making them look like wings used more for flying than for creeping down the street. With such an appearance, was not Garifin much more convincing as a bird or a god or an angel than he was?

"You can really fly?" asked Cangkriman with his eyes gleaming.

"Yes, if necessary. But I can also walk like a penguin," said Garifin flatly.

"Are you a descendant of Boreas?"

"The gods died because they frequently caused too much trouble for humans. All that's left of their descendants are stories."

"Or, maybe you are an angel?"

"Angels have neither desires nor a need for revenge. I do."

"Then why did you help me?"

"Because no gods or angels would help you."

"Did you come here just to help me?"

"Not really. I came here to verify my dream. Time and again I have dreamed about a bird park.

Its trees are glimmering, the sun is shining brightly, but the paths are confusing. And I always end up back at an intersection with rows of kenari nut trees on both sides. And there's a black bird, perhaps a black starling, but more likely a crow, that always mocks me. That's the damned bird that I'm hunting."

"Why are you hunting it?"

"It has hurt my entire family. Their eyes have been blinded because of that damned bird."

"You've just managed to catch it."

"Your humor moves me."

Cangkriman laughed bitterly, and Garifin followed suit.

"Kkkkhhaaaaaakk!"

Cangkriman choked.

When he got home Cangkriman felt very anxious. Not because his rheumatism was flaring up, but because of Garifin. He had gazed into the eyes of that man when they laughed together and felt them suck up all the joy in his heart. They were like the eyes of a killer searching for its prey, as sharp as the eyes of the angel of death. Hadn't he also used the name "Gagak" ("The Crow"), imitating the sound of the crow that had once woken him and scared him half to death? But why had he saved me, Cangkriman couldn't stop wondering.

In the bathroom Cangkriman still tried to remember whether he had ever met Garifin or someone who resembled him. The thing was, he felt there was something familiar about the man with the black wings: He was about fifty years old, with a mole on the left side of his upper lip, his mouth was crooked to the right when he laughed, and the fingers of his right hand always moved uncontrollably. It was as if he had suffered an electric shock. But Cangkriman couldn't remember anyone with those characteristics.

However, when he looked in the bathroom mirror Cangkriman suddenly realized that he bore a number of similarities with Garifin. Both of them had straight thin hair combed to one side. The difference was that Cangkriman's was to the left and Garifin's was to the right. Their moles and mouths were also in the same position with the same flaw.

Not to mention the matter of the crow. While Garifin was still hunting for a crow, Cangkriman had already shot one. It happened at the foot of Mt Galunggung five years ago. The unlucky crow became the target of his frustration because he was exhausted from searching the slopes for more than three hours without finding a single pig. In his exhaustion and frustration he had come upon a crow perched on a branch of a mahogany tree. The crow just continued to caw as if mocking his bad fortune. The mocking only ended after its head was destroyed by Cangkriman's favorite hunting gun, a 30.06-caliber Mauser.

And this marked the beginning of his misfortunes. That night he had a bad dream. A giant-size version of the crow he had killed that afternoon appeared and attacked his left eye. After Cangkriman cried out, his eye bleeding, the crow swore a curse of death on him. He woke up with images of death that would not leave his eyes. From that night on he had harbored a feeling of guilt towards that crow and all birds. He had atoned for his sense of guilt by loving all kinds of birds, building kinship relations with them, studying all sorts of information about them, yet at the same time he felt that some bird-like thing was always spying on him wherever he went. That was until he moved to this city and became the mascot for the bird park and worked as a freelance writer.

At this point Cangkriman stopped thinking about Garifin and the crow because he had to write something for the tabloid *Coco & Rico*. Tonight he wanted to write an essay about birds and all their incarnations that threatened as well as protected human beings. His knowledge and memory drifted between the crow, Garifin and Griffin, a mythological being with the head and wings of a hawk and the lower half of the body of a lion. It was a being that always shadowed Cangkriman, and it felt more like it was threatening than protecting him. He had to email the essay before eleven o'clock that night, which left about four more hours. He filled the first bit with the origins of the Griffin, and various versions of its visualization. But as he started on the first line of the twenty-third paragraph, his right index finger stopped on the "G" key, his eyes closed, and a minute later two drops of saliva fell onto the table…

Cangkriman found himself in a room in which all the walls were lined with bookshelves. The floor was littered with books, peanut shells, empty cups, cigarette butts and chicken feathers, but in the middle stood a dressing table with a huge round mirror facing him. With a child's eagerness he approached the mirror and found the objects in it suddenly upside down and expanding like bread dough. Only he himself was free from that curious occurrence. Initially he thought the mirror was a weird combination of magnifying glass and concave mirror, but it turned out that it wasn't. Because as soon as he examined the objects surrounding it they were indeed upside down and expanding many times over, including a gigantic comb lying on top of the dressing table. He wanted to use the comb to style his hair the same as Garifin's. Unfortunately the surface of the mirror was suddenly wavy and it sprayed hot air that almost burned his face. Cangkriman quickly grabbed a dictionary to protect his face. In that very quick movement he could see a creature with half of the body of a hawk and half the body of a lion reflected in the wavy mirror. Its beak was open as if it was going to swallow him whole. Cangkriman wanted to scream but his throat was blocked.

The sound of the telephone ringing broke the tension. Then a voice without gender spoke,

"Cangkriman, get out quickly. That monster is going to destroy you."

Cangkriman woke up with a start and heard his cellular telephone actually ringing loudly. He picked it up and his regular editor reprimanded him and gave him one more hour. Otherwise, the space for his essay would be filled by a public service announcement. In a state of exhaustion from his bad dream, Cangkriman was able to finish the essay. Soon after he had sent the email, the editor rang again and praised his essay as the best one he had ever written.

Cangkriman didn't really care about the praise because his thoughts were again filled with the bad dream he had just had and, again, Garifin. The walls of books reminded him of the library in the place where he worked, a huge room with racks of books three meters high. It was only about half a kilometer from his bedroom. The bird park also had a library with a fairly extensive collection; thousands of books about all kinds of birds from every corner of the world, from pre-historic times until today. Including a number of bird species that only lived in mythology and modern works of literature.

Now Cangkriman recalled that he had once met someone in that library who looked like Garifin. That was almost six months ago, a week after the death of his father, on a Thursday just before dusk. It was cloudy outside and the cold of the air conditioning had made him pull his jacket tightly around himself and more avidly read *Bustanu Thair* (*Birds Park*), a tale that had been banned during the time of Sultan Iskandar Muda. It was written in Malay Arabic; the information about the author had been deleted, along with several details in the story. The story was about King Isra who flew to heaven with a pair of wings that he had gotten after chanting seven holy verses. But after a few moments in heaven *Sang Maharaja Cahaya*, The Great King of Light, drove him out because he was unwilling to return to earth to take care of his people. When Cangkriman was about to move on to the chapter that told about that eviction, lightning struck and he looked out the window. A creature with black wings was peering in at him.

"And then Gabriel Alaihisalam's wings of light flapped. Then all the contents of heaven trembled and were shocked by what happened. Then the body of King Isra floated like a kenari leaf under the sky. And like the nut of a kenari tree, you will fall and slam against a rock," said the black-winged creature in a voice that shook the windows.

With a sense of trepidation Cangkriman quickly compared the first three sentences with the top lines on the following pages of the text that he was reading. They matched. He shifted his gaze to the disturbing creature and only found a mocking look in its eyes before it disappeared.

This convinced Cangkriman that Garifin was a reincarnation of the crow that he had killed. And that crow was the most perfect incarnation of the devil aiming for his life. This latest form was now intentionally appearing in Cangkriman's dreams and in his real life. Garifin was also deliberately seeking out opportunities to kill him, so his fear would grow like the objects in his dream and he would die in overwhelming fear.

Suddenly someone knocked on the door of Cangkriman's room. No greeting was called. He immediately assumed that it was Garifin. Without making a sound he walked over to the glass cabinet and took out the 30.06-caliber Mauser that for the last five years had only been an ornament in his living room. The knocking grew harder and more frequent. But calmly he loaded the hunting rifle and moved forward with the rifle ready to shoot. Two steps before reaching the door, he heard the genderless voice, "Cangkriman, get out quickly. That rifle will kill you." "Damned devil. You are playing with me again," cursed Cangkriman.

Cangkriman opened the door but there was nobody there, just the sound of owls calling to each other from behind a cluster of trees. The night wind beat against his body, spreading cold and the musty smell of bird feathers. Beneath the sprinkling of light from the full moon he could see a winged figure flying between branches of the angsana and rain trees. He followed the direction the creature was flying in until it reached the main road. Once in a while he had to stop to check where the damned thing was. He stopped at the intersection where there were kenari trees on either side. Right beneath one of them he found Garifin standing; it was the very spot where the scoundrel had saved him earlier that afternoon. Garifin crossed his arms and his wings were half spread.

Cangkriman stopped six meters in front of Garifin and aimed his rifle at this hideous creature.

But as usual his target just smiled mockingly at him. With the skill of an experienced hunter he closed his left eye and held his breath for a few seconds. While continuing to take aim he felt the cold of the wooden gun handle penetrate into his left cheek. Moving with complete confidence, his index finger pulled the trigger. But... the rifle didn't fire at all. Once again he pulled the trigger, with the same result. Cangkriman panicked; Garifin stepped forward. Suddenly Cangkriman began to shake and he slumped to a sitting position on the ground, still holding his rifle. Garifin moved closer. A cold sweat broke out on Cangkriman's brow and temples. Garifin's eyes, which were now only twenty inches away, once again sucked all the joy from his heart.

"I had atoned for my sin by not hunting anymore. I love all kinds of birds, especially crows, with all my life force, leaving me nothing left to share with anyone else. I even took on work that makes my rheumatism flare up and makes children laugh at me. What more do you demand from me?" Cangkriman asked, almost in tears.

"Fly and I will finish off my revenge," said Garifin.

"I am not a descendant of Boreas; I'm not an angel or a crow."

"Come on, Ihsan Gagak Riman. Follow your greatest dream. Haven't you always practiced so you could be like me?"

"It was all in vain. I no longer have a dream. I will go forward to meet my fate."

Cangkriman began to cry.

At that same moment Garifin abruptly flapped his wings and clapped his hands. Cangkriman groaned. Near his shoulder blades a pair of wings slowly began to grow. As time passed they grew bigger and stronger, until they were as strong and beautiful as Garifin's wings. Cangkriman got up with rejuvenated blood flowing through all the veins in his body. He began to flap his new wings in joy. He rose into the air. Half a meter, one meter, up and up. He could fly! Really, really fly. He turned, flew up and down, swooped down and rose again. He laughed, cawing at the same time. After he had had enough flying, he elegantly landed on a branch of a kenari tree. He looked at Garifin and smiled.

However, the one he was looking at was ready with the hunting rifle that Cangkriman had left behind. With the skill of an experienced hunter Garifin aimed at Cangkriman. The one taking aim and the target both held their breath. And *bang!* A few birds woke up and flew off. A bullet penetrated Cangkriman's forehead. Slowly his body leaned over and plummeted, striking the tree branches, and landing with a thud on the asphalt.

Ihsan Gagak Riman bin Yahya Sulaiman died at the age of fifty-one years, eleven months and twenty-nine days. Hundreds of people, most of them visitors to the bird park, joined in his funeral procession to a village cemetery not far from the park. I couldn't bring myself to join in. From the top of a Javanese tamarind tree I looked at the body slowly being lowered into the grave. It all took place beneath my unblinking gaze, until one of gravediggers stuck a wooden marker over the grave. I felt a strange stinging in my heart.

That was how I achieved revenge on my enemy. I studied his history. I traced every inch of his ruin. I penetrated his dreams. I seized his ambitions. I delved into all that he knew, even his deepest secrets, until I really knew and controlled him. I dissolved into his universe until you could no longer tell the difference between me and him. And so, when I succeeded in killing him, in fact I killed myself.

Kkkkhhaaaaaakk!

Die Rote Schüssel

Die Zeit der Schule der Roten Schüssel war schon lange vergangen. Doch eines Abends belebte sie jemand wieder. Es fing auf einer Polizeiwache an, mit einer kleinen Vorgeschichte auf dem Bahnhof.

So begab es sich am 8. Februar 2008, der von da an als der Schreckenstag am Bahnhof Pintu Duabelas bekannt sein sollte, um genau 16 Uhr 53, als die Fahrgäste voller Vorfreude auf das nahende Wochenende zusammenströmten und die Sonne sich dunkelgelb färbte, dass jemand an die Tür des Bahnhofvorstehers Triman Djoewir A.S. klopfte. Mit voller Kraft und ohne ein Stück Geduld.

„Ich bin nicht taub", schrie Triman, „drei Mal klopfen reicht."

Doch das Klopfen brach nicht ab.

Triman öffnete die Tür und sah einen älteren Mann, der nach irgendetwas zwischen Sufi, Kämpfer, Bettler, Schmied und Kakerlake aussah. Er stand mit gesenktem Kopf drei Schritte von der Tür entfernt. Er trug einen Bambushut und hatte eine Tasche aus Rattan umgeschnallt; seine Jacke und Hose waren in Brauntönen verschieden verfärbt und man konnte hier und da Flicken sehen; seine Sandalen waren aus zerschnittenen Reifen geschnürt. Mit seiner linken Hand streckte er Triman eine rote Schüssel entgegen, während er einen gelben Bambusstab in der rechten hielt, auf den er seinen dünnen, gewölbten Körper aufstützte. Sein Körper sah aus, als würde er weggeweht werden, sobald er vom Abendwind getroffen würde.

„Ich habe nichts für dich", sagte Triman.

Triman wollte die Türe gerade wieder zuziehen, als der alte, übelriechende Mann seinen Kopf erhob. Sein Gesicht war klar – das Gesicht eines Mannes, der aus dem täglichen Hunger eine Freude machte, die man mit keinem anderem teilen konnte. Aber das Bild wurde durch die Narbe auf seiner linken Wange zerstört, die sich, etwa so lang wie ein Zeigefinger, von seinem Ohr zu seinen Lippen zog. Das Leuchten seiner Augen war stechend und durchdrang langsam Trimans Ärger. Er fühlte sein Herz schlagen, immer stärker, lauter, schneller. Umso mehr noch, als der alte Mann sagte: „Erkennst du mich nicht, Triman Dower Alaihi Sukru?"

Triman fühlte sich wie von einem Skorpion aus lange vergangenen Zeiten gestochen. Er kannte nur einen einzigen Menschen, der ihn je so genannt hatte. Der aus „Djoewir" „Dower" gemacht hatte und aus „A.S." „Alaihi Sukru", das heißt „von ihm besoffen" oder „jemand, der einfach nur säuft", abgeleitet hatte, obwohl es eigentlich für Agoes Soetedjo, den Namen seines Vaters, stand. Nur Idris bin Maharram Lio, alias Deris Baplang, sein Jugendfreund aus einem Pesantren in Pandegelang, Banten, hatte ihn so genannt. Idris hatte ihm diesen Spitznamen gegeben, als Triman mal wieder früh morgens nach einer durchzechten Nacht ins Haus geschwankt war. Aber soweit Triman sich erinnern konnte, hatte Deris Baplang einen aufrechten Gang und einen dichten Schnurrbart gehabt. Und er hatte ihn nicht mehr getroffen, seitdem er damals alle abgemachten Treffen verpasst hatte, nachdem sie zusammen aus dem Pesantren weggerannt waren, weil sie es einfach nicht mehr aushielten, die religiösen Texte der *Alfiyah* von Ibnu Malik auswendig zu lernen.

Der alte Mann wusste, was er gerade dachte. „Zerbrich dir nicht den Kopf. Erzähl mir einfach, was dir wichtiges im Februar 1972 passiert ist."

„Nun ja ... das ist schon lange her. Ich erinnere mich daran, dass es ein Schaltjahr war, weil mein Sohn, Bagas Aria Djoewir, am Dienstag, dem 29. Februar, geboren wurde. Meine Frau wäre fast gestorben, weil sie bei der Geburt viel Blut verloren hatte. Aber das Kind ist gesund und feiert bald schon seinen neunten Geburtstag."

„Die 456 Stunden vor der Geburt deines Kinds. Auch wenn man es eigentlich nicht mehr als eine Marionette nennen kann."

Trimans Gedanken wanderten in seine Vergangenheit, zu den besten und den schlechtesten Tage seines Lebens und kamen, komplett zerknittert und abgekämpft, zurück. Er erinnerte sich auch an die Zeit, als er zu einer Anhörung – nur eine kleine Anhörung ohne irgendein Nachspiel – zur Polizeiwache gegangen war und dort bis Mitternacht bleiben musste. Er hatte einen Bettler überfahren, dessen linker Arm schon davor nur noch ein Stumpf gewesen war. „Aber ich wollte ihn echt nicht umbringen", sagte er.

„Du beleidigst meinen Meister."

„Entschuldigung, ich wusste nicht, dass der Bettler dein Meister war."

„Er war kein Bettler. Sein Name war Muhammad Naim, der Anführer und Großmeister der Schule der Roten Schüssel."

Das Gesicht so weiß wie das Innere von Radieschen und mit Bauchschmerzen wie von einem Schlag in die Seite schaute Triman auf die Schüssel.

„Warum hast du nicht gebremst?"

„Ich habe es doch versucht, und die Lokomotive stand auch wirklich. Ich konnte aus dem Führerhaus noch deinen Lehrer sehen, wie er die Hand gehoben und mir irgendetwas Unklares zugerufen hat. Dann ist der Motor plötzlich wieder angegangen, als würde er von deinem Lehrer angezogen."

„Ah, du wolltest ihn also umbringen."

„Ich würde mich gerade am liebsten selbst umbringen."

„Du beleidigst meinen Meister schon wieder, du Scheißmaschinist."

„Ich bin der beste Maschinist, der je in dieser Stadt für die Bahn gearbeitet hat. Was ich dir sagen will, ist, dass dein Meister der erste und letzte war, den ich in meiner zehnjährigen Karriere angefahren habe. Seitdem bin ich immer wieder nachts aufgewacht, weil ich Alpträume hatte. Aber meine Freunde haben versucht mich aufzumuntern und mir immer wieder erzählt, dass es nicht meine Schuld war. ,Du kannst eine Motte nicht davon abbringen, ins Licht zu fliegen und zu verbrennen', sagten sie."

„Du hast einen Mann umgefahren, keine Motte. Einen Mann mit zwei Frauen und dreizehn Kindern und dazu noch acht Meisterschülern. Sein Tod hat alles über den Haufen geworfen. Seine Schule ist kaputt, seine Kinder und Frauen sind ihrer Wege gegangen, seine Schüler sind verzweifelt."

„Entschuldigung. Aber noch einmal, ich habe niemanden ermordet. Es ist zu lange her, um sich dafür jetzt noch rächen zu wollen."

„Rache ist wie eine Erbkrankheit, Triman. Man kann ihr nur entgehen, wenn man auf andere Weise bezahlt."

„Das ist jetzt das dritte Mal, aber bitte verzeihen Sie mir. Auch ich war schon am Grab ihres Meisters und ich bin zu seiner Familie gegangen, um sie um Verzeihung zu bitten."

„Gut. Aber damit können Sie ihre böse Absicht noch lange nicht wieder gutmachen."

Triman erkannte das Gesicht von Muhammad Naim im Gesicht des alten Mannes wieder. Ein Gesicht, das den Tod einzuladen schien.

„Ihre Armbanduhr ist nicht schlecht", stöhnte der alte Mann. „Sagen Sie mir, wann kommt der Expresszug vorbei?"

Triman guckte auf seine Armbanduhr. „In nicht einmal zwei Minuten."

„Die Zeit ist also fast gekommen."

Der alte Mann klopfte plötzlich mit seinem Bambusstock auf die rote Schüssel. Drei Mal. Mit der Hand drehte er die Schüssel im Uhrzeigersinn. Erst langsam, dann schneller, dann noch schneller; es sah aus wie ein Wirbelwind. Dann drückte er die Schüssel gegen seine Brust und ließ den Wirbelwind wehen – er nahm alles mit: Kippenstummel, Ticketschnipsel, Zeitungteile,

Kieselsteine, Staub. Einige derer, die dieses Wunder mitansehen konnten, klatschten, andere hielten den Atem an. Der alte Mann klopfte mit seinem Stab, bis der Wirbelwind Triman umschlang, der mittlerweile hintenüber gefallen war und sich in die Hose gemacht hatte. Triman schrie wieder und wieder, aber seine Schreie wurden vom Zischen des herankommenden Expresszuges übertönt. Auch die Zuschauer fingen an zu schreien. Als der Zug in den Bahnhof einfuhr, stampfte der alte Mann mit seinem rechten Fuß auf während er den Stab mit aller Kraft auf den Boden stieß und laut „hhiiiiiiaaaaaaat" schrie. Der Wirbelwind flog auf die Gleise zu und wehte gegen den Zug.

Triman Djoewir A.S. war tot. Der alte Mann schien ziemlich zufrieden zu sein.

Der alte Mann nannte sich Raisan bin Duloh Benggol alias Rais Belur und war der erste Schüler der Kampfkunstschule der Roten Schüssel. Er widersetzte sich nicht, als zwei Polizisten ihn festnahmen und auf die Polizeiwache des Sektors Pintu Duabelas brachten. Er verbrachte die ganze Nacht in einer Zelle mit Dieben, Erpressern und

Gangstern. Am nächsten Tag machte er seine entscheidende Aussage über die Schule der Roten Schüssel, hustend und mit seinem bleichem Gesicht, das sich nicht mehr erholen wollte.

Die Rote Schüssel war von Muhammad Naim gegen Ende der 1950er gegründet worden, nachdem er aus der Kriminalität ausgestiegen war. Bis zu seinem Tod hatte er nur acht Schüler aufgenommen. Rais und seine Freunde hatten nicht nur das Kämpfen gelernt, sondern sich auch viel mit ihrem Geist beschäftigt. Betteln durften sie nur außerhalb des Ortes und in den ausweglosesten Zeiten. Wenn sie betteln gingen, mussten sie die rote Schüssel als Erkennungszeichen ihrer Schule bei sich tragen, neben allem, was sie sonst noch brauchten.

„Am Anfang hatte unsere Schule keinen Namen", sagte er. „Aber in einer Montagnacht, nachdem wir mit unseren Übungen fertig waren, fand unser großer Meister ganz zufällig eine neue Technik mit einer roten Schüssel − einer ganz normalen Schüssel, wie wir sie sonst nach dem Training benutzt haben, wenn wir unseren Reisbrei mit Bohnen gegessen haben. Diese Technik ist die Höchste aller unserer Techniken und erzeugt einen Wirbelsturm, der die Lebensenergie aller Lebewesen, die sich in ihm befinden, aufsaugt. Seitdem nennen wir uns die Schule der Roten Schüssel. Wie der Geschmacksverstärker und die Restaurants." *)

Der Polizist guckte auf das Beweisstück, die rote Schüssel auf dem Tisch. Er wollte sie berühren, aber er zwang sich, seinem Drang zu widerstehen. „Weiter."

„In unserer Schule geht es im Endeffekt um den Geist. Wir bewundern das Einfache: Töpfer, Kokospalmen, Bohnen- und Ingwerpflanzen. Genauso achten wir den kreisenden Wind und den Staub, der in der Luft zurückbleibt und einem auf die Brust fällt. Bettler sehen wir sogar als eine Form des Göttlichen auf Erden an – neben dem Messias, der alle paar Jahre auf die Erde kommt. Deshalb führen uns unsere Pilgerreisen in die Slums.

---

*)   Aji-no-Moto ist ein Lebensmittelunternehmen, das in Indonesien vor allem für sein Glutamat bekannt ist. Das Logo der Firma ist eine rote Schüssel.

Wir glauben daran, dass der Mensch nach dem Tod auf die Erde zurückkehrt. Als das, was er im Moment seines Todes genannt hat. Deshalb achtet jeder von uns darauf, niemals den Namen dessen zu nennen, was er am meisten hasst. Wir können uns nicht vorstellen, als Mörder unseres Meisters oder als eine kaputte Pfanne auf diese Erde zurückzukehren. Wir wollen immer als unser Meister wiedergeboren werden, den wir so verehren."

„Bleiben Sie bei der Sache", fuhr ihn der Polizist an, während er auf den Tisch schlug. Die rote Schüssel drehte sich, aber Rais Belur stoppte sie sofort mit seiner rechten Hand. „Behalten Sie ihren Fokus."

„Okay", sagte Rais Belur, während er auf seinem Stuhl herumrutschte. „Triman Djoewir A.S. war ein Schwindler. Er war der Todfeind unseres Meisters. Der eine Gegner, vor allen anderen. Hoffentlich lässt Gott seine Seele in der Hölle schmoren. Tatsächlich hatte unser großer Meister ihn schon getötet, in einer Vollmondnacht im Reisfeld. Damals, als er noch Rimat Gonggo hieß. Aber dann ist dieses Arschloch als Maschinist wiedergeboren und direkt Bahnhofsvorsteher geworden. Er hat gewartet, bis unser Meister geschwächt war, bis zu diesem Unglückstag, und dann hat er ihn ermordet. Einen Tag bevor unser Meister 77 Jahre alt geworden wäre."

„War ihr Meister nicht sowieso schon alt und schwach genug, um einfach so zu sterben? Altersschwäche zum Beispiel?", unterbrach ihn der Polizist.

„Möglicherweise. Das Schicksal des Todes wird nicht nur durch das wann und wo bestimmt, sondern auch durch die Ursache. Auf jeden Fall hat Triman aber gefunden, wonach er suchte: das Geheimnis des Todes unseres Meisters. Er starb auf den Gleisen, zerschmettert von einem Zug gemacht aus dem gleichen Material, aus dem unser großer Meister einst sein bestes Golok machte, mit dem er seinen Todfeind getötet hat. Am Ende hat er alles so aussehen lassen, als ob der Mord bloß ein Verkehrsunfall gewesen sei."

Rais Belur stoppte. Er hustete noch einmal. Mit merklicher Anstrengung beruhigte er seinen Atem und fuhr mit gesenkter Stimme fort: „Er hat sich auch mit zwei verzweifelten Dämonen zusammengetan. Ihre Aufgabe war es, unseren Meister vor seinem Tod auf die Gleise zu führen."

„Oh ..." Der Polizist war starr vor Schock, bevor er schließlich wie ein Specht immer wieder zu nicken anfing. „Aber warum haben Sie sich gerade jetzt gerächt?"

„Nun ja, wir haben schon ein paar Mal versucht, dieses Arschloch loszuwerden, aber er ist uns immer wieder entkommen. Einmal haben wir ihn festgesetzt, als er gerade auf dem Nachhauseweg von einem Treffen mit Freunden war. Mit einem Motorrad haben wir ihn über den Asphalt gezogen. An einer Klippe haben wir ihn dann mit den Techniken der Roten Schüssel angegriffen, bis wir seinen Kopf zertrümmert hatten. Dann haben wir seine Leiche in den Fluss geworfen. Aber am nächsten Tag war er schon wieder zuhause. Er hatte nur ein paar Beulen am Kopf. Ein andermal haben wir seinen Körper in drei Teile zersägt. Es hat nur eine Woche gedauert, da war er schon wieder Bahnhofsvorsteher. Das letzte Mal haben wir seinen Körper auf der Müllhalde verbrannt, aber einen Monat später ist er wieder aufgetaucht. Und er war auch noch 10 Jahre jünger."

„Mysteriös. Ein Wunder. Verrückt", schrie der Polizist. Er holte direkt zwei Zigaretten hervor, eine für sich, eine für Rais Belur. „Damit Sie sich etwas entspannen können", sagte er. Angeregt von der Geschichte rauchten sie zusammen ihre Zigaretten. „Und dann?"

„Wir haben uns komplett der Rache verschrieben, aber wir sind darüber verzweifelt, dass wir den Todfeind unseres Meisters nicht töten konnten. Am Ende wurde einer nach dem anderen krank und ist gestorben. Es gab kein Entkommen aus dem Teufelskreis, wo hätten wir schon hin gekonnt? Am Ende bin ich alleine übriggeblieben."

„Nun, wie haben Sie dann herausgefunden, wie man Triman töten könnte?"

„Ich habe ihm nachspioniert. Um nicht aufzufliegen, musste ich nicht selten zu einem Ameisenhaufen oder einer einsamen Echse oder einem hungernden Spatzen werden. Ich bin ihm auf Schritt und Tritt gefolgt, ich habe jede seiner Bewegungen beobachtet, ich habe alles, was er gesagt hat, auswendig gelernt, die Grundpfeiler seines Geheimnisses, bis ich sein ganzes Leben kannte. Manchmal, nur um etwas zu spielen, habe ich mich in ihn verwandelt und seine Frau verwirrt. So hat Triman zuhause die Morgenzeitung gelesen, während er gleichzeitig im Büro oder im Wartesaal war."

„Oh, mein Gott ...", zischte der Polizist, während er sich die Brauen massierte.

„Ich war auch dabei, als er die Kampfkunstausbildung seiner Kinder, die ja nichts als Marionetten sind, abschloss. In einem Tal nicht weit hinter seinem Haus. Tatsächlich übte er sich in genau derselben Kampfkunst wie unser großer Meister, nur hatte er eben nicht die Technik der Roten Schüssel. Ich habe angefangen zu glauben, dass sie von derselben Person ausgebildet wurden und dass sie dadurch verbunden waren. Sie haben sich bekämpft, aber sie haben sich auch vermisst, und dann haben sie einander getötet. Sie waren wie Schatten, einer weit zur Linken, einer weit zur Rechten. Ich fing an zu glauben, dass auch er durch einen kollidierenden Zug sterben würde. Ich wusste nur noch nicht, wann genau."

„Gestern?"

„Vielleicht auch morgen. Am Sonntag, dem 10. Februar 2008, jährt sich der Todestag unseres großen Meisters zum 36. Mal, das entspricht genau zehn Schaltjahren. Durch die Verbundenheit zwischen den beiden ist es wohl auch möglich, dass Triman am selben Tag stirbt. Aber am Samstag und Sonntag wollte er zu Besuch bei seinen Freunden in Cisaat bei Sukabumi sein. Da gibt es zwar eine Eisenbahnstrecke, aber die Strecke Sukabumi-Bogor wird schon lange nicht mehr befahren. Deshalb musste er gestern am Bahnhof Pintu Duabelas sterben."

„Einen Moment ... Was Sie gerade über die Überwachung gesagt haben, stammt gar nicht von Ihnen. Wenn ich mich recht erinnere, habe ich das schon einmal von jemand anderem gehört."

„Das sind alles meine eigenen Worte."

„Nein."

„Doch", sagte er. „Denn ich bin Muhammad Naim bin Marjuki Tengkek alias Naim Semar alias Rais Belur alias Jiman Lodong alias Raden Ngalim alias Kim Cheng Jangkung alias Nyai Menor alias Daeng Komit alias Mat Lope alias Deris Baplang ..."

Mat Deroih und sein Pferd Mustajab

Um es möglichst kurz zu fassen, Mat Deroih war ein Meister des Schwertkampfes, oder wenigstens nannte er sich einen Meister. Etwas ausführlicher gesagt, er war ein Meister des berittenen Kampfes. Er liebte es wirklich zu reiten und hatte deshalb sein Bild als Krieger perfektioniert, indem er ein Pferd gekauft hatte, das er Mustajab nannte, nach einem Gebet. Er hatte eine Theorie über die Meisterschaft in der Kampfkunst entwickelt, die sich mehr oder weniger wie folgt formulieren lässt: Ein Meister darf nicht zu lange gesellig unter den Menschen weilen. Im Besonderen dürfen nur ein paar Menschen von seinen Fähigkeiten wissen. Er darf sich nur unter die Leute mischen, wenn seine Hilfe benötigt wird. Nachdem er seine Kunst und Kräfte zur Verfügung gestellt hat, muss er sich sofort wieder zurückziehen, hinter einen Berg oder einen Wald oder wohin auch immer, sodass er wieder fit werden oder seine Kampfkünste verbessern kann. In diesen Zeiten muss er die Einsamkeit willkommen heißen. „So, Freunde", sagte Mat Deroih, „um dann überall hin zu gelangen, braucht er ein Pferd."

Ohne danach gefragt worden zu sein, hatte er diese Theorie für ein paar Leute in einem Imbiss entwickelt. Er war gerade auf der Heimreise, nachdem er sich im Dorf Ladam Tujuh, einer Siedlung von Pferdezüchtern hinter dem Gunung Macan, das Pferd gekauft hatte und hatte an dem Imbiss angehalten, um etwas zu essen und sich ein bisschen zu erholen. Der Imbiss war eine Hütte mit Pfeilern aus Kokosstämmen, einem Dach aus Palmfarnblättern und Wänden, die unten aus grob geschliffenen *Jinjing*-Holzbrettern und oben aus geflochtenem, schwarzem Bambus waren. Auf der vorderen und der linken Seite konnte man diesen oberen Bambusteil öffnen und schließen, um anzuzeigen, ob der Laden geöffnet war oder nicht. Im Inneren waren fünf mittelgroße Bambuspodeste, die mit Matten aus Schraubenbaumblättern ausgelegt waren. Es gab keine Stühle. Die Theke und die Kochstelle waren in der hinteren rechten Ecke. Mittags in der Trockenzeit war der Imbiss vom Schatten bedeckt, weil man ihn direkt unter einem großen Regenbaum mit vielen Blättern gebaut hatte. Den Hof hatte man leer gelassen und die Erde darin war bedeckt mit Flussteinen knapp so groß wie ein großer Zeh. An den Ecken an der Vorderseite wuchsen ein Canistelbaum und ein Stachelbeerbaum mit einer Reihe Kampferbüsche, die als eine Art Zaun fungierten. Am Stamm des Stachelbeerbaumes band Mat Deroih sein Pferd an.

Als er eintrat grüßte ihn ein alter Mann, der schon fast alle seine Zähne verloren hatte, und bot ihm an, sich auf eines der noch leeren Podeste zu setzen. Er ging zum Podest ganz vorne an der Ecke. Ursprünglich hatte er sich in die hintere Ecke setzen wollen, damit er das Rauschen des kleinen Baches hinter dem Laden klar hören könnte, aber dort saßen schon vier Leute, die gerade genussvoll ihren Palmwein tranken. Der Besitzer hatte ihm sein bestes Essen angeboten und er hatte es ohne viele Worte angenommen. Während er auf seine Bestellung wartete, beobachtete er die vier Trinker. Er war fasziniert von der Art, in der sie ihre Gläser leerten. Weder lachten sie, noch schrien sie, wie die Gruppe von Anfängertrinkern, die er an einer Cap Go Meh Nacht niedergemacht hatte. Sie nickten mit ihrem Kopf erst nach vorne, dann nach links und rechts, immer drei Mal, mit geschlossenen

Augen. Manchmal summten sie zusammen. Ihre Gesichter sahen glücklich aus, gerötet und mit ein, zwei Schweißtropfen, die sich zu formen begannen.

Da kam schon eine junge Frau, die Mat Deroih seine Bestellung in zwei Schalen brachte. In der ersten Schale waren eine kleine Packung Reis, etwas scharfer, gedünsteter Fisch, und gebratener Aal. In der zweiten waren geröstetes *Pete*, *Sambal Terasi*, Milch von einer jungen Kokosnuss, Wasser, Palmzucker und eine Fingerschüssel. Ich werde an dieser Stelle nicht beschreiben, wie lecker das Essen, das Mat Deroih bestellt hatte, war – das sei als Stoff für eine eigene Geschichte belassen, für jene, die verrückt nach dem Essen sind und sich deshalb immer wieder schuldig gegenüber den Hungernden auf der Welt fühlen – aber ich werde erzählen, wie neugierig Mat Deroih den Trinkern gegenüber war. Wie war es nur möglich, dass sie Zikr-Gebete mit Alkohol vermischten, als würden sie Himmel und Hölle zusammenführen?

Um seine Neugierde zu stillen, bestellte auch Mat Deroih eine Flasche Palmwein, nachdem er mit dem Essen fertig war. Er erhoffte sich, dass die Flasche Palmwein seinen Körper für die spätere

Heimreise wärmen würde. Mit dem ersten Schluck stellte er sich die Hölle vor, wie sie alle Trinker dieser Welt verbrannte. Mit dem zweiten Schluck stellte er sich den Himmel vor, in dem die Flüsse nicht mit Milch flossen, sondern mit Palmwein, sodass alle Bewohner darin schwimmen und tauchen konnten. Mit dem dritten Schluck stellte er sich ein rotbraunes Pferd vor, das inmitten der lodernden Flammen wieherte. Als er die Augen öffnete, konnte er das Pferd noch hören, auch wenn sich herausstellte, dass es das Wiehern seines eigenen Pferdes gewesen war. Einer der Männer aus der Gruppe von Trinkern, der scheinbar noch relativ nüchtern war, hob seine Flasche in seine Richtung, und er tat es ihm gleich. Der Mann ging zu Mat Deroih, während er seine Keramikflasche in der Rechten hielt. Deroih rückte mit dem Körper an die Wand, um sich anzulehnen und gleichzeitig Platz für seinen Gast zu machen. „Ich habe gerade vorhin gesehen, wie jemand mit dem Pferd hier angehalten hat", sagte der Mann, während er noch immer das einzige Pferd auf dem Hof beobachtete.

Mat Deroih lächelte nur. Er schloss wieder seine Augen, um die Bitterkeit zu genießen, die seinen Rachen hinunterfloss und langsam

Wärme und Glückseligkeit in seinem ganzen Körper verteilte, mit einem leicht säuerlichen Nachgeschmack, der ihm im Rachen hängen blieb. „Heeemmm ...", sagte er voller Genuss. Als er seine Augen öffnete, sah er, dass der Mann neben ihm starr auf den Griff seines Golok-Schwerts blickte, das er zwischen seiner Seite und einem gelblichen Stoffbeutel, den er umgeschnallt hatte, trug. Mat Deroih wartete darauf, was der Mann nun tun würde. Aber der Mann beobachtete nur wieder das Pferd, das wiehernd seinen Nacken am Stachelbeerstrauch rieb. Hin und wieder hob das Pferd seine Vorderhufe. „Sssyyaahh", sagte Mat Deroih und sein Pferd beruhigte sich.

„Soweit ich weiß, gibt es hier niemanden, der ein Pferd hat."

„Ja, ich komme aus dem Norden. Ich bin nur auf der Durchreise."

„Sehr gut. Wo haben Sie es gekauft?"

„In Ladam Tujuh, noch gar nicht lange her."

„Ohh ..."

Die drei Trinker auf dem Podest nebenan guckten herüber, als er den Namen des Dorfes sagte und nickten wieder ernst. Der, der gefragt hatte, bewunderte wieder den Rotbraunen, der gerade nur mit den Hufen scharrte. „Nebenbei, was für eine Sorte Pferd ist es?"

„Oh ... ein Sumbapferd. Aber es hat noch ein bisschen Araberblut."

„Tsk ... tsk ... tsk ..." Jetzt beobachtete der Mann nicht mehr das Pferd, sondern schaute zu Mat Deroihs Golok und Tasche hinüber. „Ein Araber? Kann es denn auch noch auf Arabisch wiehern?"

Mat Deroih verschluckte sich, dann lachte er. Die Trinker auf dem anderen Podest schlossen sich dem Gelächter an. „*Nahayaqa al-hishanu bil lughatil 'Arabiyah. Masya Allahhh. Almustahilun*", sagte einer von ihnen.

Und noch einmal schoss eine Welle von Gelächter aus den kichernden Mündern. Der Mann schloss sich dem Gelächter an.

„Sind Sie schon einmal geritten?", fragte Mat Deroih.

„Ich benutze oft die Kutsche. Aber selbst geritten bin ich noch nicht."

„Das Reiten ist eine Tugend."

„Eine Tugend?"

„Ja, eine Tugend für einen jeden Kampfkunstmeister."

„Oh, wirklich?"

Dann fuhr Mat Deroih fort, seinen Palmwein zu trinken. Er erzählte über die Tugenden der Kampfkunst, wie ich ihn schon am Anfang dieser Geschichte zitiert habe. Der Mann neben ihm hörte ihm zu, während er immer wieder nickte, als ob er einer Predigt eines Nachfahren des Propheten zuhören würde. So taten es auch die anderen Trinker; sie hörten dem, was Deroih da sagte, genau zu. Sie sagen hin und wieder „*Khair ... khair ...* Gut ... gut ..." Deshalb fuhr Mat Deroih immer leidenschaftlicher mit seiner Theorie fort. Er sprach weiter, dass ein Meister, der ein Pferd nimmt, tugendhafter sei als einer, der einen Minibus, einen Zug oder ein Schiff nimmt, oder auch als einer, der zu Fuß geht. Tatsächlich, er hatte einmal einen Meister gesehen, der mit dem Floß den Fluss Cisadane entlang gerudert war. Dieser Mann hatte eine schwarze Weste und Hose getragen und einen roten Hut, der seinen Kopf bis zum Nacken bedeckte. Mit der rechten Hand hielt er den Griff seines schwarzen, funkelnden Goloks – es sah heroisch aus, aber auch langsam und mühsam.

„Was kann man schon tun, inmitten von Müll und dem Geruch von Tod, oder wenn der Fluss mal wieder überflutet ist?", sagte Mat Deroih ernst.

Wenn man ein Pferd reitet, sagte Mat Deroih, war man schnell und gleichzeitig auf heroische Weise allein und mit der Natur vereint. Wie heldenhaft war nur ein Kämpfer, wenn er das Schlachtfeld betrat, auf dem Rücken eines Pferdes, während er mit der Linken die Zügel hielt und mit der Rechten sein gezogenes Golok im 35-Grad-Winkel nach oben streckte, während sein Pferd gerade seine beiden Vorderbeine hob. War das nicht ein Bild von einem Krieger? Faszinierend wie auf dem Bild, das er einmal gesehen hatte, von Prinz Diponegoro, wie er es genau so tat − mit einem siebenfach gewellten Kris.

„Prinz Diponegoro?", gab einer der Leute vom Nebenpodest zurück.

„Unser Herr?", fügte ein anderer hinzu.

„Ja", antwortete Mat Deroih.

„Auf die Pferde, die am Morgen galoppieren. Auf die Erde und unsere Ahnen, die in ihr begraben wurden, bevor die weißen Ungläubigen unser Land gestohlen haben. Macht euch bereit für den heiligen Krieg. Allahu Akbar ...", schrie der, der vorhin geantwortet hatte, bevor er auf dem Podest zusammenbrach.

„Ollohu akebarrr."

Bbeerrrgggghhhh ...

Mat Deroih hatte keine Zuhörer mehr, weil mittlerweile alle mit glücklichem Gesicht eingeschlafen waren, gefolgt von einem regelmäßigen Schnarchen, immer nachdem man bis elf gezählt hatte. Deshalb beendete er seine Zwei-Flaschen-Palmwein-Rede. Sie waren wirklich seltsame Trinker, dachte er, während er zum Besitzer des Ladens ging. „Ich fühle mich, als ob ich den, der wie ein Tartarenkrieger aussieht, kenne", sagte er halb flüsternd. „Als ob ..."

„Als ob was?", fragte der Besitzer des Ladens, auch halb flüsternd.

„Ah ... aber ich weiß es nicht genau ... Kommen sie häufig hierher?"

„Sie sind tatsächlich schon häufiger zu meinem Laden gekommen. Aber sie trinken immer nur ihren Palmwein. Ich habe sie einmal gefragt, warum sie ihn auf diese Art trinken. Sie sagten, man nenne es den ‚Palmwein-Zikr‘.“

„Palmwein-Zikr?“

„Ja, sie nicken immer nur, bis sie dann am Ende tief einschlafen“, antwortete der Ladenbesitzer. „Sehen sie gefährlich aus?“

„Noch nicht.“

Mat Deroih bezahlte sein Essen und Trinken. Etwas schweren Schrittes ging er zur Tür. Während er sich bewegte, suchte er die Nachmittagssonne, die vom dichten Gewächs entlang des Weges versteckt lag. Es war gerade einmal nach dem Nachmittagsgebet, dem *Asar*, aber es schien ihm dunkler zu sein als üblich. Er massierte seine Schläfen. „Vielen Dank für den Palmwein. Er war erstklassig “, sagte er zum Ladenbesitzer.

„Bitte. Möchten Sie nicht vielleicht ein bisschen mitnehmen?“

„*Innn … Innamal khamru … Innamal khammm …* Mmberrrgggghhh“, sagte einer vom Bambuspodest aus im Schlaf.

„Ah, ich werde schon von Besoffenen veralbert.“

Beim Verlassen des Ladens dachte sich Mat Deroih, dass die Gesichter der Mitglieder des Rates des Palmwein-Zikrs einen zum Lachen einluden. War der Trinker, der so häufig Arabisch sprach, nicht selbst ein Mann ohne einen dichten Bart? Stattdessen hatte er gerade einmal ein paar Stoppeln links und rechts vom Mund. Wenn er sich räusperte, hörte es sich an, als trete jemand gerade auf eine Dose Milch. Währenddessen konnte der Mann, der auf ihn zugegangen war, nicht einmal seinen Mund schließen, während er einem anderen zuhörte. Als sei er eine fleischfressende Pflanze, die die Fliegen einlud, sich in ihr zu setzen. Die Gesichter der anderen beiden sahen aus wie die von müden und hoffnungslosen Bauern.

Auf seinem Pferd dachte Mat Deroih noch immer über die Trinker nach. Er versuchte, ihr Summen nachzumachen, aber er konnte es nicht. „Ja, ich denke, ich habe dieses Summen schon einmal gehört", sagte er zu sich selbst. Nachdem er lange genug nachgedacht hatte, erinnerte er sich schlussendlich unscharf an ein Lied, dass er aus dem Mund des Pferdezüchters gehört hatte, der ihm das Ergebnis seiner Arbeit verkauft hatte. Er hatte noch weiter in dem Raum schlafen wollen, den man ihm gegeben hatte, aber nach dem Gebet zum Sonnenaufgang, dem *Subuh*, war der Mann schon damit beschäftigt, sich um seine Pferde zu kümmern. Tatsächlich sangen alle drei Familien von Pferdezüchtern in diesem Ort immer dieses *Pantun*, wenn sie ihre Pferde fütterten, wuschen oder bürsteten. Es ging so:

> *Das Pferd frisst auf einem Stein*
>
> *Sucht eine Kammer im Ameisenhaufen*
>
> *Schließ die Faust nicht zu fest*
>
> *Zieh deinen Arm vor deinen Bauch*

> *Hup!*

> *Sucht eine Kammer im Ameisenhaufen*
>
> *Das Pferd bekommt einen Drachenfisch*
>
> *Zieh deinen Arm vor deinen Bauch*
>
> *Der Reiterstand soll nicht wanken*

> *Eit!*

Hat ein Pferd drei Hufe

Es mag sie, doch es gibt nichts, das es besäße

Ist deine Zeit gekommen

Hat der Reiterstand keinen Nutzen

Hai!

So wiederholte sich ihr Gesang wieder und wieder, bis sie mit ihrer Arbeit fertig waren.

Also, was war die Verbindung zwischen den Trinkern und den Pferdezüchtern auf der anderen Seite des Berges? Das war die eine Frage, die Mat Deroih noch nicht gelöst hatte. Jetzt fing er langsam an, das Lied so summen zu können wie die Palmweintrinker. Ein paar Mal atmete er aus, um die Kälte aus seinen Handflächen zu treiben. Die Luft im Wald fühlte sich gegen Abend tatsächlich kalt auf der Haut an, aber im Inneren seines Körpers trug er noch genug Wärme des Palmweins von vorhin. Als er durch eine Kautschukplantage kam, sah er die Nachmittagssonne, die durch die Wolken brach, wie Fäden von purpurnem Tuch.

Plötzlich hörte er etwas, das sich wie das Flattern von Fledermäusen anhörte, von hinten kommen. Ah, die Fledermäuse sind zu früh aufgewacht, dachte er sich. Tatsächlich waren es keine Fledermäuse, sondern Gestalten, die aussahen wie schwarze Stoffrollen, die ihn und sein Pferd voller Kraft durch die Luft fliegend überholten. Eins ... zwei ... drei ... Nachdem sie weit genug nach vorne geschossen waren, bogen sie nach rechts ab und verschwanden hinter einer Gruppe Kautschukbäume. Besorgt, dass etwas passieren könnte, ergriff Mat Deroih sein Golok und hielt Mustajab an. Plötzlich schossen die schwarzen Gestalten auf ihn zu, dann hinter ihn. Mustajab wieherte und scharrte mit den Vorderbeinen, deshalb zog Mat Deroih die Zügel nach rechts, bis sich das Pferd umdrehte und er die schwarzen Gestalten elegant auf den Ästen der Kautschukbäume hocken sehen konnte. Mat Deroih hatte seine Verwunderung noch nicht überwunden, da kamen die schwarzen Gestalten herunter. Der Kies knirschte, als ihre Füße in den Boden stießen. „Entschuldigung, Bruder, wir unterbrechen deine Reise", sagte einer von ihnen, während er seine rechte Hand hob.

Mat Deroih erkannte das Gesicht dessen, der ihn aufhielt. Es war der Mann, der vorhin im Laden am frommsten getrunken hatte, der, der aussah wie ein Tartarenkrieger. Er erkannte auch seine zwei Freunde, die beiden, die vorhin nach vorne gerückt waren, als sie mit dem Kopf genickt und sich mit beiden Händen auf dem Bambuspodest abgestützt hatten, um nicht besoffen umzukippen. Aber wo war der Mann hin, der seinen Mund immer offen hielt wie eine fleischfressende Pflanze? Wie war es möglich, dass sie vorhin so besoffen gewesen und jetzt schon wieder frisch wie eh und je waren? Und wie konnten die drei Wegelagerer die Fähigkeit haben, so gut zu fliegen?

„Wir haben noch jedes Pferd überholt", sagte der, der wie ein Tartar aussah. „Für uns gehören Pferde der Vergangenheit an. Der beste Kämpfer ist der, der kein Pferd hat. Er geht auch nicht zu Fuß, fährt nicht mit dem Floß und erst recht nicht mit einem Minibus oder Zug. Der beste Kämpfer ist ein Vogel."

„Ein Vogel ... Falkenkrieger?"

„Hahaha. Am Ende kennst du uns also doch. *Syukran katsiran*", sagte der, der nach einem

Tartarenkrieger aussah, während er sich über den Bart fuhr, der tatsächlich nur aus ein paar Stoppeln bestand.

„*Khair ... khair ...*", gaben seine Kumpane zurück.

„Ich habe nichts mit euch zu schaffen."

„Aber wir haben etwas zu schaffen mit jedem, der ein Pferd aus dem Dorf Ladam Tujuh hat."

„Ich habe das Pferd niemandem gestohlen. Ich habe es gekauft."

„Du hast das Pferd von Dorfbewohnern gekauft, die ihre Pferde selbst über Gott stellen. Du bist ein Unterstützer von Pferdeanbetern."

„Ihr seid ja so durchgedreht, wie es nur geht."

„Wer immer etwas über Gott stellt, muss ausgelöscht werden, vor allem auch die Tiere, die sie zu Götzenanbetern gemacht haben. Wir haben sie schon zur Hölle geschickt. Jetzt bleiben nur noch du und dein Pferd."

Mat Deroih stellte sich sofort die Vernichtung des Dorfes und der Pferdezüchter vor, die er gerade erst vor einem Tag verlassen hatte. Die Pferde, die Ställe, die Häuser, die Scheune, die Männer,

Frauen, Kinder, der Gesang ... „Ihr seid Heuchler ohne Verstand."

„Wir verteidigen nur Gott und bekriegen seine Feinde."

Mat Deroih wurde still, aber er wandte seinen Blick nicht von dem ab, der wie ein Tartarenkrieger aussah. „Dies wird euer Ende sein ..."

„Macht ihn platt!"

Schon schossen die beiden Männer, die vorher nur dabei gestanden hatten, auf Mat Deroih zu. Ihre Flugbewegungen waren wirklich wie die eines Falken, der sich auf ein Küken stürzt. Ihre Goloks kreuzten sich wie der geöffnete Schnabel eines Falken, bereit, Mat Deroihs Kopf zu verschlingen. Aber er zog schnell die Zügel, sodass sein Pferd wieherte und seine Vorderhufe hob. Die beiden fliegenden Körper stießen mit dem Pferd zusammen und trafen seine Hufeisen. Mat Deroihs Pferd brach aus, weil seine Hufe durch die Golokhiebe verletzt waren; es trat wieder, bis die beiden Angreifer nach hinten fielen. Sie fielen nicht direkt, sondern machten eine Rolle in der Luft und landeten im Reiterstand aufrecht am Boden. Mat Deroih sprang von seinem Pferd und ließ sein geliebtes Reittier zum Straßenrand ziehen. Dieses Mal war er schon besser vorbereitet und hatte sein Golok gezogen. Zum zweiten Mal schossen die beiden Falkenkrieger auf ihn zu. Ihre Goloks stachen nach vorn, bis Mat Deroih sich zum genau richtigen Zeitpunkt mit einem Hieb um 360 Grad drehte und von rechts nach links abblockte. Er hörte zweimal ein Klirren. Danach blockte er noch einmal rechts, dann schlug er heftig nach vorn, als die beiden Angreifer gerade nicht damit rechneten. Mat Deroih führte sein Golok so, dass man ihre Schmerzensschreie unisono hören konnte. Einer von ihnen hielt seinen aufgeschlitzten, blutenden Bauch, während auch der andere einen aufgeschlitzten Bauch und eine abgehackte Hand hatte. Blut vermischte sich mit einer gelben Flüssigkeit, die langsam von der Spitze von Mat Deroihs Golok nach unten in das Gesicht des Verstümmelten tropfte. „Geh zur Seite, bevor ich dir auch noch die andere Hand abschlage", sagte er.

Der Verstümmelte rückte mit seinem noch immer blutenden Arm zur Seite. Sein Körper zitterte vor Schmerz, während er seine rechte Hand mitten auf der Straße liegen ließ. Da lag auch sein Freund, der versuchte, seine Eingeweide zu halten, die weiter aus seinem aufgerissenen Bauch quollen. Der Abend kam mit den Schatten des Todes, die sich immer weiter näherten. Der Engel des Todes schien hinter den Kautschukbäumen auf die beiden zu warten. Und dies ließ das Gesicht dessen, der wie ein Tartarenkrieger aussah, angstvoll und wütend zugleich werden. Nun zog er sein Golok, aber Mat Deroih stoppte ihn mit erhobenem Golok. „Jetzt erinnere ich mich an dich. Heute Morgen hast du dich als Verkäufer von gekochten Erdnüssen vor meiner Unterkunft verkleidet."

„Ja. Wir haben die Pferdezüchtersiedlung ausgelöscht, nicht lange nachdem du weg bist. Ich habe deinen Namen vom letzten der Züchter bekommen, bevor er durch meine Hand starb."

„Du wirst einen sinnloseren Tod sterben als sie."

„Ich sterbe nicht, bevor deine Leiche vor mir liegt."

„Nun gut. Aber davor werde ich dir noch eines über Pferde sagen."

Der, der wie ein Tartarenkrieger aussah, festigte seinen Reiterstand, während er seine Goloks vor der Brust kreuzte.

„Wie du weißt, haben wir den Begriff ‚Reiterstand' von den Pferden gelernt. Wir wissen alle, was das bedeutet, richtig? Ohne Pferde und Reiterstand gibt es keine Kampfkunst."

Mein sehr verehrter Leser, dies war die Theorie vom Pferd und des auf es folgenden Reiterstands von Mat Deroih. Falls ich es nochmal wiederholen soll, dann so: Der Reiterstand entscheidet in allen Formen des Silat darüber, ob die Verteidigung eines Kämpfers standfest ist oder nicht. In einigen Kampfkünsten, die sich in Betawi und Umgebung in den letzten 100 Jahren entwickelt haben, wird der Reiterstand gebildet, indem man den rechten und den linken Fuß diagonal setzt, mit den Füßen fest am Boden und den Knien um 100 Grad gedreht. Aus dieser vorbereiteten Position kann man sich hierhin und dahin bewegen, indem man eine Fußsohle von außen nach innen zieht, bis sie die Sohle des anderen Fußes berührt, und dann in der Form eines Bumerangs bewegt, sodass die Füße immer noch diagonal stehen.

„Merke dir", sagte Mat Deroih, „an einem starken Reiterstand erkennt man einen guten Kämpfer."

„Oh, du redest wie ein Wasserfall!"

„Nun, mach dich bereit, in einem Teich aus deinem eigenen Blut zu schwimmen, Halunke."

„Hiaaatt!"

Also, wie schon im Bericht des sektoralen Stadtkommandos Gunung Macan geschrieben steht, starb Muhtar bin Sirun alias Metar Betok – dies waren die Namen dessen, der aussah wie ein Tartarenkrieger – zusammen mit seinen beiden Freunden, Nisan Bakot und Ali Derun, am Straßenrand nur fünf Kilometer von der ersten Kletterstation am Gunung Macan am 23. August 1965. Sein Körper lag mit gebrochenem Genick da. Man fand später seine Leiche, die in einem Teich seines eigenen Blutes neben einer Ameisenkolonie schwamm.

Mat Deroih andererseits war am Rücken von einem Schlag mit Metar Betoks Golok getroffen worden, von seiner Achsel quer nach unten, fast zwei Hand breit. Seine Tasche, die von einem Schlag mit dem Golok gerissen war, hatte er sich um die Hüfte gebunden. Mit seiner immer weiter blutenden Wunde trieb er sein Pferd, auch verwundet, durch den Rest des Kautschukwaldes und dann nach rechts zu den Reisfeldern. Die Nacht und seine Verwundung ließen das Pferd schon langsamer als normal laufen. Er suchte das Haus eines Heilers, der schon einmal seinem Meister geholfen hatte, nachdem dieser Rimat Gonggo besiegt hatte. Im Alltag war der Heiler ein Entenzüchter. Sein Haus lag versteckt hinter den Reisfeldern und konnte nur durch einen Fußmarsch durch die Felder erreicht werden. Er führte sein Pferd durch die Felder, nachdem seine Füße und die Hufe seines Pferdes ein paar Mal im Matsch ausgerutscht waren. Als er vor dem Haus des Heilers angekommen war, war seine weiße Kleidung schon vollkommen rot. Der alte Mann, zu dem er wollte, pumpte gerade seine Petromaxlampe auf, als er in seinen Hof fiel. „Ich bin ein Schüler von Muhammad Naim", sagte er, als der Heiler auf ihn zukam.

„Ja, der Junge war schon lange nicht mehr hier", antwortete der alte Mann. Ohne lange weiter zu reden, half er Mat Deroih ins Haus und legte ihn auf dem Bauch auf ein Schlafpodest. Er untersuchte vorsichtig Mat Deroihs Wunde. „Die Klinge des Goloks, das das angerichtet hat, war nicht vergiftet", sagte er. „Wäre sie es gewesen, wärst du mitten auf dem Reisfeld gestorben."

„Falkenkrieger ..."

„Ich weiß. Ich kenne sie."

In dieser Nacht verarztete der Heiler Mat Deroihs Wunde mit seiner eigenen Methode. Nachdem er die Wunde mit heißem Wasser ausgewaschen hatte, gab er Mat Deroih eine Flasche chinesischen Reisschnaps. „Trink", drängte ihn der Heiler. Mat Deroih gaffte ihn an. „Trink oder du wirst schreien, wenn ich deine Wunde nähe."

Ohne viel nachzudenken, außer an seine Heilung, goss Mat Deroih den Schnaps herunter. Härter als der Palmwein, den er im Laden getrunken hatte. Er starrte auf das Gesicht des Heilers, der ohne aufzuschauen die Nadel und den Faden vorbereitete. Der Heiler erhitzte die Nadel über der Flamme der Petromaxlampe. Dann sagte er: „Trink ihn fertig."

Also stürzte Mat Deroih den Rest Schnaps herunter, während er den Schmerz im Rücken ertrug. Er konnte sich nicht mehr daran erinnern, wie der Heiler seine Wunde genäht hatte, weil er sofort eingeschlafen war, nachdem der Heiler mit seiner Arbeit fertig geworden war. In dieser Nacht schlief er komplett traumlos, bis ihn das laute Schnattern der Enten hinter dem Haus am Morgen aufweckte.

Der Heiler kümmerte sich die nächsten drei Wochen lang um Mat Deroih. Neben der Behandlung seiner Wunde massierte er auch Mat Deroihs ganzen Körper und lehrte ihn einige neue, wichtige Formen. Sobald sich seine Wunde geschlossen hatte, entschied sich Mat Deroih, seine Reise fortzusetzen. Auch sein Pferd hatte sich mittlerweile wieder erholt. Aber der Heiler hielt ihn auf. „Geh noch nicht. Die Leute, und vor allem die Polizei, sind auf der Suche nach dir. Bleib noch ein paar Tage hier, bis du deine Formen voll gelernt hast", sagte er.

Nachdem es ausreichend sicher zu sein schien, verabschiedete sich Mat Deroih vom Heiler. Aber der alte Mann bat ihn, sein Pferd zurückzulassen. „Lass dein Pferd hier. Er ist hier in Sicherheit. Ich kümmere mich um ihn. Nimm nur diesen Wanderstock und deine Tasche. Tu einfach so, als ob du ein Bettler wärst."

Wie ein Bettler tun? Mat Deroih hatte tatsächlich Kampfkunst und andere Dinge bei Muhammad Naim gelernt, dem Großmeister der Schule der Roten Schüssel, obwohl der Meister eigentlich nur acht Schüler anerkannte – ihn ausgenommen. Und die Schüler der Schule der Roten Schüssel verkleideten sich normalerweise als Bettler, wenn sie auf eine längere Reise gingen. Aber er wollte nicht wie ein Bettler tun. Diese Art zu leben war eine Beleidigung für jemanden wie ihn. Für ihn war es eine Verschwendung von menschlichem Verstand und Stärke, wie ein Bettler zu tun.

„Du hast nicht viele Optionen. Dieses Verhalten ist das sicherste, was du tun kannst", sagte der Heiler, während er Mat Deroih scharf ansah. „Ehrlich, der glorreichste Schwertmeister ist der, der zu Fuß geht."

Zu Fuß gehen? Mat Deroih hatte tatsächlich fast all sein Geld ausgegeben, um das Pferd und Essen und Trinken im Laden zu kaufen. In seiner Hosentasche waren gerade einmal ein paar Münzen übrig. Gerade genug für ein Glas Kaffee und zwei Stücke gekochten Taros.

„Ich habe nicht mehr viel Geld für dich. Dies hier ist fürs Mittagessen", sagte der Heiler, während er Mat Deroih drei Münzen übergab. „Aber du kannst dies verkaufen, falls du etwas mehr Geld brauchst, um nach Hause zu kommen und etwas Spaß zu haben", sagte er weiter, während er ihm einen Korb mit rohen Enteneiern gab.

Dann verabschiedete sich Mat Deroih mit allen seinen Gaben und ließ die Hütte des Heilers hinter sich. Er passierte die kleine Straße zwischen ein paar Büschen und den unbewässerten Feldern, die er zuvor schwer verwundet genommen hatte. Als er so lief, konnte er wieder sein eigenes Blut riechen, sich wieder an das müde Wiehern seines geliebten Pferdes erinnern, diese ganze Nacht voller Tod. Jetzt wirkte er wirklich wie ein Bettler, und wenn er nicht all die Hilfe und Güte des Heilers *cum* Entenzüchters so geschätzt hätte, so hätte er alle dessen Gaben fortgeworfen. Er folgte dem Feldweg weiter, bis er an die Hauptstraße kam, die, wenn man nach links abbog, zu dem Platz führte, an dem er mit den Falkenkriegern gekämpft hatte. Er bog nach rechts ab, Richtung Norden, und lief am linken Straßenrand weiter, den Schirm seiner Mütze tief nach unten gezogen, damit sein Gesicht vor den Blicken der Leute verborgen war. Nachdem er einigermaßen erschöpft vom Wandern war, mit grummelndem Magen, fand er einen Laden. Er trat nun ein; viele Leute waren gerade beim Mittagessen. Laut waren das geflüsterte Tratschen, die schnalzenden Zungen, das Klirren von Löffeln auf Tellern, das Rülpsen und das Pfeifen von gesättigten und glücklichen Leuten. Vorsichtig ging er zu einem Mann, der gerade Reis in der hinteren Ecke des Raumes servierte; er war sich sicher, dass dieser bärtige Mann der Besitzer des Ladens war. Währenddessen waren knapp fünf Meter zu seiner Rechten vier Männer damit beschäftigt, das Essen auf ihrem Tisch zu genießen. Er roch den Geruch von Essen aus der Küche und von den Tischen und fühlte seinen Hunger noch stärker werden. Aber er widerstand dem Leid, bis er seinen Mut zusammennahm und den Mann, zu dem er gegangen war, ansprach. „Hey, woll'n Sie ein paar Enteneier kaufen?"

„Wie viele?"

„30."

„Schauen wir mal." Der Mann gab zunächst einem Kellner, der schon mit einem Tablett mit gegrilltem Huhn, *Sambal Terasi* und *Es Cincau* wartete, etwas Reis. Dann guckte er sich die Eier an, die Mat Deroih ihm anbot. „Was für eine Sorte Enteneier ist das? Die sind echt ziemlich blau, huh?"

„Cibatok-Enten. Aus Sunda."

„Davon hör ich zum ersten Mal."

Plötzlich schloss sich einer der Männer, die gerade aßen, dem Gespräch an: „Können deine Enten auch auf Sundanesisch quaken? *Tiasa*, können sie?"

Die anderen Gäste fingen an zu lachen, als sie seine Frage hörten. Aber nicht Mat Deroih. Er fühlte sich, als kenne er jemanden mit einer Stimme und Fragen wie dieser. Langsam drehte er sich um und guckte den Mann an, der gerade gefragt hatte. Ja, der Mann trug jetzt einen schwarzen Hut mit einer Feder an der rechten Seite als Schmuck. Sein Mund war weit geöffnet, während er Mat Deroih lange in die Augen blickte. Aber Mat Deroih lächelte ihn an, während er ruhig den Griff seines

Goloks unter seinem Hemd hervorblitzen ließ. Der, der gerade gefragt hatte, beantwortete das Lächeln mit einem Gruß: „*Assalamualaikum.*"

„*Waalaikum salam.*"

Jetzt wusste Mat Deroih, was er als nächstes würde tun müssen.

Kkkkhhaaaaaaakk!

*Es gibt nichts und niemanden auf dieser Welt,
das dich vor der Rache einer Krähe retten würde.
Nicht einmal im Bauch deiner Mutter kannst
du dich verstecken. Du wirst einen Tag vor
deinem Geburtstag sterben. Wie eine Walnuss
wirst du fallen und auf dem Stein zerschellen.
Kkkkhhaaaaaaakk!*

Nur ein kleines Stück vor dem hundertsten Sprung
fühlte sich Ihsan „die Krähe" Riman, als würde er
Sterne sehen. Seine Knie schmerzten und fühlten
sich heiß an. Sein Kopf wurde schwer. Sein Körper
drehte sich um 31 Grad. Sein gesamtes Blickfeld
füllte sich mit einem rötlichen Schwarz. Alles um
ihn herum wurde leise. Der Tod, wie er ihm durch
einen Alptraum hervorgesagt worden war, war zum
Greifen nah.

Doch dann, nur einen Augenblick bevor er
auf den Asphalt aufgeschlagen wäre, kam wie aus
dem Nichts ein schwarz geflügelter Mann und griff
nach seinem Körper. Mit einer gut eingeübten

Bewegung nahm er Ihsan „die Krähe" Riman und flog. Währenddessen konnten die Menschen, die dieses Wunder mit ansahen, nur gaffen und die Namen ihrer Götter, Mütter und Haustiere rufen. Nachdem er eine künstliche Seenlandschaft überflogen hatte, eine Lücke zwischen den Bäumen durchquert hatte, auf einen riesigen Käfig gehüpft war und fast mit einem Reiher zusammengestoßen wäre, landete der Vogelmann auf einer Bank hinter einem Busch Bougainvillea. Auf der Betonbank, die langsam Risse bekam und vom Moos überwuchert wurde, half er Ihsan „der Krähe" Riman, seine Krähenmaske abzunehmen, die künstlichen Flügel von seinem Rücken zu nehmen und massierte seine Schläfen und seinen Nacken. Ihsan „die Krähe" Riman sah die Welt wieder mit einem Blick frisch wie eine reife Zitrone.

„Vielen Dank", sagte er mit zitternder Stimme. „Ich heiße Ihsan ‚die Krähe' Riman, aber man nennt mich Cangkriman. Ich bin das Maskottchen von diesem Vogelpark."

„Ich bin Garifin, Muhammad ‚die Krähe' Arifin. Nur ein ganz normaler Gast."

Mit einem Gefühl zwischen Erstaunen und Dank untersuchte Cangkriman jedes Stückchen von Garifins Körper. Aber am meisten interessierte er sich für das Paar Flügel dieses Mannes. Ein Paar Flügel, das keine Handbewegung seines Besitzers brauchte, um ihn fliegen zu lassen. Ein Paar Flügel, viel echter und näher am Original als die künstlichen Flügel, die Cangkriman dauernd trug. Die Basis der beiden Flügel saß fest neben den Schulterblättern verankert und war verdeckt von einem langen rotbraunen Hemd, das Garifin bis zu den Knien reichte. Seine Federn sahen gut gepflegt aus und glänzten, wenn ein Strahl der Nachmittagssonne auf sie traf. Sah Garifin so nicht viel glaubwürdiger wie ein Vogel, ein Gott oder ein Engel aus als er selbst?

„Du kannst wirklich fliegen?", fragte Cangkriman mit funkelnden Augen.

„Ja, aber nur, wenn es sein muss. Ich kann aber auch wie ein Pinguin watscheln", antwortete Garifin flach.

„Bist du ein Nachfahre von Boreas?"

„Die Götter sind schon lange tot, weil sie der Menschheit zu viele Schwierigkeiten gemacht haben. Ihre Nachfahren leben nur noch in Geschichten fort."

„Oder könnte es vielleicht sein, dass du ein Engel bist?"

„Engel haben keine Begierden, und erst recht keine Rachsucht. Ich habe sie."

„Also, warum hast du mir geholfen?"

„Weil es keine Götter oder Engel gibt, die dir geholfen hätten."

„Bist du dann nur hierhergekommen, um mir zu helfen?"

„Eigentlich nicht. Ich bin hierhergekommen, um meinen Traum zu überprüfen. Immer wieder habe ich von einem Vogelpark geträumt. Mit schimmernden Bäumen, hell scheinender Sonne, aber verwirrend geführten Wegen. Ich bin immer wieder an einer Kreuzung gelandet, mit Reihen von Walnussbäumen links und rechts. Und da war ein schwarzer Vogel, vielleicht ein Star, aber eine Krähe wäre wahrscheinlicher, der mich die ganze Zeit geärgert hat. Ich bin auf der Jagd nach diesem verdammten Vogel."

„Warum jagst du ihn?"

„Er hat Unglück über meine ganze Familie gebracht. Wegen diesem Scheißvogel sind sie alle auf einer Seite blind."

„Du hast es gerade geschafft, ihn zu fangen."

„Dein Humor ist ja rührend."

Cangkriman lachte bitter, dann schloss sich Garifin seinem Gelächter an.

„Kkkkhhaaaaaaakk!"

Cangkriman würgte.

Als er nach Hause kam, überkam Cangkriman eine starke Nervosität. Es war nicht, weil er sein Rheuma wiederkommen fühlte, sondern wegen Garifin. Er hatte diesem Mann in die Augen geguckt, als sie zusammen gelacht hatten. Es hatte sich angefühlt, als saugten sie ihm alle Freude aus. Wie die Augen eines Mörders, der gerade nach seinem nächsten Opfer sucht: der scharfe Blick des Todesengels. Trug er nicht auch den Namen „die Krähe" und hatte er nicht das Krächzen einer Krähe nachgemacht, wie es ihn zuvor aus dem Schlaf gerissen und eine Todesangst eingejagt hatte? Aber warum hat er mich gerettet, auf diese Frage konnte Cangkriman keine Antwort finden.

Im Badezimmer versuchte Cangkriman noch immer sich daran zu erinnern, ob er Garifin oder jemanden, der ihm ähnelte, jemals zuvor begegnet war. Tatsächlich fühlte er sich diesem schwarz geflügelten Mann nicht fremd: Er war knapp 50, hatte ein Muttermal auf der linken Seite seiner Oberlippe, sein Mund war auf der rechten Seite gebogen wenn er lachte und die Finger seiner rechten Hand bewegten sich die ganze Zeit unkontrolliert. Als wäre er von einem Stromschock getroffen worden. Aber Cangkriman konnte sich noch immer an niemanden mit diesen Eigenschaften erinnern.

Aber als er in den Badezimmerspiegel guckte, wurde Cangkriman sich plötzlich bewusst, dass er selbst tatsächlich viele Ähnlichkeiten mit Garifin hatte. Beide hatten dünnes, glattes Haar, das zur Seite gekämmt war. Der Unterschied war nur, dass Cangkriman es zur Linken und Garifin es zur Rechten gekämmt trug. Ihre Muttermale waren an derselben Stelle und ihre Münder hatten dieselbe Macke.

Und da war noch die Sache mit der Krähe. Während Garifin noch eine Krähe jagte, hatte Cangkriman schon längst eine geschossen. Es war fünf Jahre zuvor am Fuß des Berges Galunggung passiert. Die arme Krähe war zum Ziel seines Frusts geworden, nachdem er die Berghänge mehr als drei Stunden lang vergeblich nach Schweinen abgesucht hatte. Irgendwo zwischen Erschöpfung und Frustration fand er die Krähe, die gerade auf einem Mahagonizweig saß. Die Krähe krähte unbeirrt weiter, als wollte sie ihn für sein Unglück auslachen. Sie hörte erst auf, als ihr Schädel durch Cangkrimans Lieblingsjagdgewehr, eine Mauser 30.06, zertrümmert wurde.

Nun, ab da nahm das Unglück seinen Lauf. In der Nacht darauf hatte er einen Albtraum. Die Krähe, die er am Mittag getötet hatte, lebte darin fort, nur dass sie jetzt um ein Vielfaches größer war und sein linkes Auge attackierte. Als Cangkriman blutenden Auges vor Schmerz schrie, sprach die Krähe einen Todesfluch gegen ihn aus. Er erwachte mit Bildern des Todes vor Augen, die ihn seitdem nicht mehr verließen. Seit dieser Nacht hatte er ein flaues Gefühl, wenn es um Krähen und auch alle anderen Arten von Vögeln ging. Also verdrängte er sein flaues Gefühl, indem er alle Vögel liebte. Er entdeckte seine Nähe zu ihnen, sammelte alles Wissen, das er über sie finden konnte, und doch fühlte er gleichzeitig immer noch, dass da eine vogelartige Figur war, die ihm auf Schritt und Tritt folgte, wo immer er auch ging. Bis er schlussendlich in diese Stadt kam und als Maskottchen für den Vogelpark und als freier Autor arbeitete.

An diesem Punkt hörte er auf, über Garifin und die Krähe nachzudenken, weil er für die Boulevardzeitung *Coco & Rico* schreiben musste. In dieser Nacht wollte er unbedingt mit einem Essay über Vögel und alle ihre Erscheinungsformen als Bedrohung und gleichzeitig auch Verteidiger der Menschheit fertig werden. Sein Wissen und seine Erinnerungen wanderten zwischen Garifin und dem Greif umher, der mythischen Kreatur mit dem Kopf und den Flügeln eines Falken und dem Unterleib eines Löwen. Die Kreatur, die Garifin die ganze Zeit überschattete und die sich mehr nach einer Bedrohung als nach einem Beschützer anfühlte. Er musste diesen Essay bis 11 Uhr nachts per Mail abgeschickt haben – es waren noch knapp vier Stunden Zeit. Er füllte den Anfang des Essays mit Geschichten über die Herkunft des Greifs und die Verteilung und Variationen in seinen Abbildungen. Aber als er an den Anfang des 23. Absatzes kam, stoppte sein rechter Zeigefinger auf der Taste „G", sein Kopf fiel nach vorne, seine Augen schlossen sich und eine Minute später fielen zwei Speicheltropfen auf seinen Schreibtisch ...

Cangkriman landete in einem Raum mit Wänden, die komplett von Bücherregalen bedeckt waren. Währenddessen waren auf dem Boden Bücher verstreut, gemischt mit Nussschalen, leeren Tassen, Kippenstummeln und Hühnerfedern. Aber in der Mitte des Raums standen eine Kommode und ein riesiger, runder Spiegel, der ihn anstarrte. Mit dem Eifer eines kleinen Kindes ging er auf den Spiegel zu und sah, wie sich die Objekte im Raum kopfüber drehten und aufblähten wie Brotteig. Nur er selbst war nicht betroffen von diesen wundersamen Geschehnissen. Anfangs hatte er erwartet, dass der Spiegel eine verwirrende Kreuzung aus Lupe und nach innen gewölbtem Spiegel sei, aber er war es nicht. Deshalb untersuchte er die Objekte ringsherum, die vorher andersherum gelegen hatten und seitdem auf ein Vielfaches ihrer Größe gewachsen waren. Da war auch ein riesiger Kamm auf dem Tisch. Er wollte ihn nehmen, um sich damit die Haare so wie Garifin zu kämmen. Zu seinem Unglück wellte sich die Spiegelfläche plötzlich und fing an, heiße Luft auszustoßen, die ihm fast das Gesicht verbrannte. Cangkriman nahm schnell ein Wörterbuch, um sein Gesicht zu schützen. Während dieser extrem schnellen Bewegung konnte er gerade noch einen Blick auf eine Kreatur im gewellten Spiegel, halb Falke, halb Löwe, erhaschen. Ihr Schnabel war weit geöffnet, als wollte sie ihn gerade verschlingen. Cangkriman wollte schreien, aber sein Hals war verstopft.

Das Klingeln eines Telefons brach die Spannung. Dann hörte er eine geschlechtslose Stimme sprechen: „Cangkriman, komm schnell raus. Das Monster wird dich auffressen."

Cangkriman erwachte und hörte, dass sein Handy tatsächlich laut klingelte. Er nahm den Anruf an und der Redakteur, der normalerweise seine Schriften bearbeitete, schrie ihn wütend an, dass er noch eine Stunde habe, um seinen Essay fertigzustellen. Falls nicht, würde man den Platz, der eigentlich für den Essay vorgesehen war, mit

Anzeigen für gemeinnützige Arbeiten füllen. In seiner Müdigkeit, die von seinem Alptraum übrig geblieben war, schrieb Cangkriman den Essay fertig. Nicht lange nachdem er seine Mail abgeschickt hatte, rief ihn der Redakteur an und lobte den Essay als den besten, den Cangkriman jemals geschrieben hatte.

Cangkriman kümmerte das Lob nicht wirklich, er war in Gedanken schon wieder komplett bei seinem neuen Alptraum und, mal wieder, bei Garifin. Die Bücherregale erinnerten ihn an die Bibliothek an seinem Arbeitsplatz – ein großer Raum mit drei Meter hohen Bücherregalen, der nur knapp einen halben Kilometer von seinem Schlafzimmer entfernt war. Tatsächlich hatte der Vogelpark auch eine Bibliothek mit einer ziemlich umfassenden Sammlung, tausende von Büchern über alle Arten von Vögeln aus allen Teilen der Welt, von prähistorischen Zeiten bis heute. Dies schloss auch einige Spezies ein, die nur in Mythen und moderner Literatur existierten.

Jetzt erinnerte Cangkriman sich klar daran, wie er in der Bibliothek jemanden getroffen hatte, der ganz wie Garifin aussah. Es war vor fast einem halben Jahr gewesen, eine Woche nach dem Tod seines Vaters, an einem Donnerstag kurz vor Abend. Draußen war es bewölkt und die beißende Kälte der Klimaanlage ließ ihn seine Jacke immer fester um seinen Körper ziehen und sich immer tiefer in das Buch *Bustana Thair*, Der Vogelpark, vertiefen, eine verbotene Erzählung aus der Zeit des Sultans Iskandar Muda. Sie war in malaiischem Arabisch geschrieben; alle Informationen über den Autor und viele Details waren schon lange verwischt (worden). In der Geschichte ging es mehr oder weniger um den König Isra, der mit einem Paar Flügel zum Himmel geflogen war, das er bekommen hatte, nachdem er sieben heilige Verse gesungen hatte. Aber nach einiger Zeit im Himmel verstieß ihn Sang Maharaja Cahaya, der Großkönig des Lichts, weil er nicht auf die Erde zurückkehren wollte, um sich um die Belange seines Volkes zu kümmern. Gerade als Cangkriman zu dem Teil kam, der über Isras Verstoßung erzählte, erschien ein Lichtstrahl und er guckte durch das Fenster. Eine Kreatur mit schwarzen Flügeln starrte ihn an.

„Und dann schlagen die Flügel des großen Gabriel. Dann zittert alles im Himmel und ist geschockt von dem, was geschieht. Dann schwebt der Körper von König Isra wie ein Blatt von einem Walnussbaum unter dem Himmel. Und wie eine Walnuss wirst du fallen und auf dem Stein zerschellen", sagte die schwarz geflügelte Gestalt mit einer Stimme, die die Fenster erzittern ließ.

Mit einem Gefühl von Angst gemischt mit Erstaunen verglich Cangkriman diese drei Sätze mit den ersten Zeilen der folgenden Seite des Textes, den er gerade las. Sie passten genau. Er richtete seinen Blick auf diese nervtötende Kreatur und sah gerade noch den frechen Ausdruck in ihren Augen, bevor sie verschwand.

Jetzt war Cangkriman sich absolut sicher, dass Garifin eine Wiedergeburt der Krähe war, die er zuvor getötet hatte. Und diese Krähe selbst war eine perfekte Verkörperung eines Dämons aus der Hölle, der ihm nach dem Leben trachtete. Seine jetzige Form tauchte nun in Cangkrimans Träumen und in seinem realen Leben auf. Auch Garifin suchte bewusst nach einer Möglichkeit, ihn zu töten, sodass seine Angst immer weiter wachsen würde wie die Objekte in seinem Traum und er voller Furcht sterben würde.

Plötzlich klopfte jemand an der Tür zu Cangkrimans Raum. Ohne ein Wort des Grußes. Er nahm sofort an, dass das Garifin sein musste. Er war jetzt sicherlich bereit, seinen Rachefeldzug zu vollenden, dachte sich Cangkriman. Mit lautlosen Schritten schlich er zu einer Vitrine und nahm seine Mauser 30.06, die in den letzten fünf Jahren nichts weiter als eine Dekoration in seinem Gästezimmer geworden war. Das Klopfen wurde immer heftiger und schneller. Aber er lud ruhig eine Kugel in sein Jagdgewehr und ging mit schussbereiter Waffe voran. Zwei Schritte bevor er die Tür erreichte, hörte er die geschlechtslose Stimme: „Cangkriman, komm schnell raus. Das Gewehr wird dich töten."

„Verdammter Teufel. Du versuchst schon wieder, mich zu verarschen", fluchte Cangkriman.

Cangkriman öffnete die Tür, aber hinter der Tür war niemand. Da war nur der Klang von Eulen hinter einer Gruppe von Bäumen, die einander zuriefen. Die Nachtluft schlug seinem Körper entgegen, verbreitete Kälte und gleichzeitig den modrigen Geruch von Vogelfedern. Unter dem Schein des Vollmonds konnte er eine geflügelte Gestalt durch die Äste der Narra- und Regenbäume fliegen sehen. Er folgte der Flugrichtung, bis er an einen der Hauptwege kam. Hin und wieder musste er stoppen, um zu überprüfen, wo die verdammte Kreatur steckte. An einer Kreuzung, die links und rechts von Walnussbäumen umsäumt war, stoppte er. Direkt unter einem Walnussbaum, der über die Straße ragte, traf er Garifin. Es war die gleiche Stelle, an der ihn der Halunke am letzten Nachmittag gerettet hatte. Garifin hielt seine Arme gekreuzt und hatte seine Flügel halb geöffnet.

Neun Meter vor Garifin hielt Cangkriman an und richtete sein Jagdgewehr auf die Kreatur, die ihn so störte. Aber, wie immer, lächelte der, auf den er zielte, nur neckisch. Mit der Raffinesse eines altgedienten Jägers kniff er sein linkes Auge zu und hielt seinen Atem für mehrere Sekunden an. Während er weiter zielte, fühlte er die Kälte des Holzkolbens seines Gewehrs, der sich in seine linke Wange drückte. Mit einer Bewegung voller Selbstvertrauen zog er mit dem Zeigefinger den Abzug. Aber ... sein Gewehr wollte einfach nicht feuern. Noch einmal zog er den Abzug, aber das Ergebnis war dasselbe. Noch einmal, wieder dasselbe. Cangkriman begann in Panik ausbrechen, Garifin kam einen Schritt auf ihn zu. Plötzlich fing sein Körper an zu zittern und er fiel hinten über, während er sein Gewehr weiter festhielt. Garifin kam immer näher. Kalter Schweiß begann von Cangkrimans Brauen und Schläfen zu tropfen. Garifins Augen, die mittlerweile nur noch ein paar Zentimeter weit von Cangkrimans entfernt waren, saugten einmal mehr alle Freude aus seinem Herzen.

„Ich habe bereits für meine Sünden gezahlt, indem ich mit dem Jagen aufgehört habe. Ich liebe alle Arten von Vögeln, und besonders die Krähen, mit aller meiner Macht, bis ich es für die anderen nicht mehr kann. Ich habe sogar eine Arbeit angenommen, die mein Rheuma dauernd wiederkommen lässt und mich zum Gespött der Kinder macht. Also, was willst du noch von mir?", sagte Cangkriman den Tränen nahe.

„Flieg, und ich werde meine Rache vergessen", sagte Garifin.

„Ich stamme nicht von Boreas ab, ich bin kein Engel, keine Krähe."

„Komm schon, Ihsan ,die Krähe' Riman. Erfülle dir deinen größten Traum. Hast du nicht die ganze Zeit geübt, um so zu werden wie ich?"

„Es war doch alles vergeblich. Ich habe keine Träume mehr. Ich bin bereit, meinem Schicksal entgegenzutreten."

Cangkriman fing an zu weinen.

Plötzlich flatterte Garifin mit seinen Flügeln und klatschte mit seinen Händen. Cangkriman stöhnte. Neben seinen Schulterblättern wuchs langsam ein Paar Flügel. Mit der Zeit wurden sie größer und stärker. So stark und schön wie die von Garifin. Cangkriman flog empor, mit dem Blut eines kleinen Kindes, das seine Adern durchströmte. Voller Freude flatterte er mit seinen Flügeln. Ein halber Meter, ein Meter, weiter und weiter. Er konnte fliegen! Wirklich fliegen! Er drehte sich, flog hoch und runter, ging in den Sturzflug und wieder herauf. Er lachte und krächzte zugleich. Nachdem er sich am Fliegen ergötzt hatte, landete er elegant auf einem Ast. Er guckte Garifin an und lächelte.

Aber der, den er da anguckte, stand schon mit dem Jagdgewehr bereit, das Cangkriman zurückgelassen hatte. Mit der Raffinesse eines altgedienten Jägers zielte er auf Cangkriman. Der, der zielte, und der, auf den gezielt wurde, hielten beide die Luft an. Und *Peng*! Ein paar

Vögel erwachten und flogen ziellos auf. Eine Kugel durchschoss Cangkrimans Stirn. Langsam krümmte sich sein Körper, fiel vornüber, fiel durch die Walnussblätter und zerschellte auf dem Asphalt.

Ihsan „die Krähe" Riman bin Yahya Sulaiman starb mit 51 Jahren, 11 Monaten und 29 Tagen. Hunderte Menschen, ein Großteil Besucher des Vogelparks, folgten seiner Beerdigungsprozession auf den Dorffriedhof nicht weit vom Vogelpark. Ich hatte nicht die Kraft, an der Zeremonie teilzunehmen. Von dem höchsten Wipfel eines javanischen Tamarindenbaumes beobachtete ich, wie der Leichnam langsam ins Grab gesenkt wurde. Das Ganze geschah, ohne dass ich einmal mit der Wimper gezuckt hätte. Bis die Totengräber einen Grabstein aus Holz auf dem Grab anbrachten. Ich fühlte ein wundersames Stechen in meinem Herzen.

Auf diese Weise also vollendete ich meine Rache an meinem Feind. Ich hatte mich in seine Geschichte vertieft, hatte jeden Schritt seines Ruins nachverfolgt, war in seine Träume eingedrungen, hatte seine Gedanken ergriffen, war in alle seine

Gedanken eingetaucht, bis in seine persönlichsten Geheimnisse, bis ich ihn wirklich kannte und beherrschte. Ich verschmolz komplett mit seinem Sein, bis ich selbst nicht mehr zwischen ihm und mir unterscheiden konnte. Als ich ihn also endlich tötete, tötete ich deshalb tatsächlich mich selbst.

Kkkkhhhaaaaaaakk!

Mangkok Merah

Perguruan silat Mangkok Merah sudah lama tamat. Tapi seseorang membangkitkannya pada suatu sore. Bermula di kantor polisi, dengan sedikit pendahuluan di stasiun.

Begitulah, pada Jumat, 8 Februari 2008, yang kelak dicatat sebagai hari berkabung stasiun kereta api Pintu Duabelas, pukul 16.53 waktu stasiun, ketika calon penumpang berkerumun dengan kegembiraan akhir pekan yang sedang berkecambah dan matahari laksana dicetak dengan warna pepaya matang, pintu ruangan kepala stasiun Triman Djoewir A.S. diketuk orang. Keras dan tidak sabaran.

"Aku tidak tuli," bentak Triman. "Jangan mengetuk pintu ruanganku lebih dari tiga kali."

Ketukan itu tidak juga berhenti.

Triman membuka pintu dan mendapati satu orang tua yang merupakan gabungan tak termaafkan antara sufi, pendekar, pengemis, tukang mindring, dan kecoa. Orang tua itu berdiri seraya menundukkan kepalanya tiga langkah dari pintu. Ia mengenakan tudung bambu, berselempang tas rotan, baju dan celana belacu kecoklatan dengan tambalan jahitan tangan di sana-sini, dan alas kaki ban bekas. Tangan kirinya menyodorkan mangkok merah, sementara tangan kanannya bertumpu pada sebatang tongkat bambu kuning untuk menahan tubuhnya yang tipis dan melengkung, tubuh yang seperti akan melayang begitu dihantam angin senja.

"Aku tidak punya recehan. Maaf," kata Triman.

Triman mencoba menutup pintu kembali tapi segera orang tua berbau apak itu menegakkan kepalanya. Wajahnya bening – wajah yang telah menyuling kelaparan berhari-hari menjadi sejenis keriangan yang tak bisa dibagi kepada orang lain. Tapi semua itu dirusak oleh codet di pipi kirinya, seperti lipan, sepanjang telunjuk, menyilang dari telinga ke bibir. Sorot matanya menusuk dan secara perlahan-lahan menggerogoti kejengkelan Triman. Ia merasa seperti ada yang memukuli jantungnya untuk berdegup lebih cepat dan lebih keras lagi. Apalagi ketika orang tua itu berkata, "Berikan pengakuanmu, Triman Dower Alaihi Sukru."

Triman seperti disengat kalajengking dari masa silam. Ia tahu hanya satu orang yang pernah memberinya olok-olok itu. Yang memelesetkan "Djoewir" menjadi "Dower" dan memanjangkan "A.S." menjadi "alaihi sukru" yang berarti "kemabukan atasnya" atau "orang yang mabuk melulu", padahal sebenarnya itu adalah inisial Agoes Soetedjo, ayah Triman. Olok-olok itu hanya diberikan oleh Idris bin Muharram Lio alias Deris Baplang, temannya ketika sama-sama menjadi santri di sebuah pesantren di Pandegelang, Banten. Idris memberi julukan itu setelah berkali-kali mendapati Triman pulang sempoyongan ke pondok menjelang subuh. Tapi seingatnya, Deris Baplang berbadan tegak dan berkumis tebal. Dan Triman tidak pernah lagi bertemu dengan teman yang menjengkelkan sekaligus mengangenkan itu setelah sama-sama melarikan diri dari pesantren. Karena tidak tahan harus menghafal 1.000 bait kitab nahwu-sharaf *Alfiyah* karangan Ibnu Malik.

Orang tua itu seperti tahu apa yang sedang ia kenangkan. "Jangan bertele-tele. Ceritakan padaku sebuah peristiwa paling menegangkan dalam hidupmu di bulan Februari 1972."

"Ya... Itu sudah lama sekali. Yang kuingat tahun itu adalah tahun kabisat, sebab anakku, Bagas Aria Djoewir, lahir pada hari Selasa malam tanggal 29 Februari. Istriku hampir mati karena mengeluarkan banyak darah. Tapi anakku sehat dan kini ia sedang menyambut ulang tahunnya yang ke-9."

"456 jam menjelang kelahiran anak semata wayangmu itu."

Ingatan Triman kembali bergerak mundur, melintasi tahun-tahun terbaik dan terburuk dalam hidupnya, dan kembali setelah letih dan compang-camping. Ia juga ingat saat menjalani pemeriksaan – hanya pemeriksaan tanpa tindak lanjut apa-apa lagi – di kantor polisi hingga tengah malam. Kereta yang dikemudikannya menabrak mati seorang pengemis bertangan kiri buntung menjelang magrib. "Tapi aku sungguh tidak membunuh pengemis itu," katanya.

"Kau menghina guruku."

"Maaf, aku tidak tahu kalau pengemis itu gurumu."

"Dia bukan pengemis. Dia Muhammad Naim, pemimpin dan guru besar perguruan silat Mangkok Merah."

Dengan wajah sepucat lobak dan mual yang mulai menonjoki lambungnya, Triman kembali menatap mangkok itu.

"Kenapa kau tidak mengerem keretamu?"

"Sudah kucoba dengan susah-payah dan berhasil. Tapi dari kaca lokomotif aku masih bisa melihat gurumu mengangkat tangannya dan menyebut sejumlah kata yang tak jelas bunyinya di telingaku. Tiba-tiba saja lokomotif itu melaju lagi, seperti tersedot oleh tubuhnya."

"Ah, kau sengaja ingin membunuhnya."

"Dia sengaja ingin bunuh diri."

"Kau menghina guruku lagi, masinis sialan."

"Aku masinis terbaik yang pernah bekerja di jawatan kereta api kota ini. Yang kausebut gurumu itu adalah yang pertama dan terakhir kutabrak selama 10 tahun karierku sebagai masinis. Setelah itu berkali-kali aku terbangun tengah malam setelah dihantam mimpi buruk. Tapi teman-temanku mencoba menghiburku dan mengatakan itu hal yang wajar saja. 'Kau tak mungkin mencegah laron yang memburu nyala lampu dan mati, kata mereka.'"

"Kau menabrak mati seorang lelaki, bukan laron, dengan dua istri dan 13 anak, ditambah delapan murid terbaik. Kematiannya sangat merepotkan. Perguruannya tamat, anak-istrinya kocar-kacir, murid-muridnya kelimpungan."

"Maafkan aku. Tapi, sekali lagi, aku tidak membunuh gurumu. Dan dendammu itu kedaluwarsa."

"Dendam itu seperti penyakit turunan, Triman. Hanya bisa berhenti dengan cara melunasinya."

"Ini kali ketiga kuminta padamu, maafkan aku. Aku juga telah menziarahi kubur gurumu, mendatangi anak-istrinya, memohon maaf mereka."

"Bagus. Tapi itu tidak bisa membatalkan niatku."

Triman merasakan kembali wajah terakhir Muhammad Naim pada wajah orang tua yang terus menggertaknya itu. Wajah yang mengundang kematian.

"Jam tanganmu bagus," orang tua itu mengejutkannya. "Ngomong-ngomong, jam berapa kereta ekspres lewat?"

Triman melihat jam tangannya. "Tidak sampai dua menit lagi."

"Waktunya hampir tiba."

Orang tua itu kemudian mengetuk-ngetuk mangkok merah dengan tongkat bambu. Tiga kali. Tangannya memutar mangkok melawan arah jarum jam, dari perlahan-lahan, agak kencang, hingga makin kencang dan tercipta semacam angin puyuh. Lantas ia menarik dan menangkupkan mangkok ke dadanya serta membiarkan angin puyuh itu mengamuk sendirian – menggulung puntung, potongan karcis, sobekan koran, kerikil, debu. Beberapa orang yang menyaksikan keajaiban itu bertepuk tangan, tapi ada juga yang menahan napas. Orang tua itu lantas menjentikkan tongkat bambunya hingga angin puyuh itu berpindah dan menggulung Triman yang sudah jatuh duduk dan terkencing-kencing di celana. Triman menjerit-jerit tapi jeritannya kalah keras dibandingkan bunyi peluit kereta ekspres yang sebentar lagi tiba. Orang-orang ikut menjerit. Ketika kereta memasuki stasiun orang tua itu menghentakkan kaki kanannya seraya mengibaskan tongkat bambu itu sekuat-kuatnya dibarengi teriakan *hhiiaaaaat* yang sember.

Melompatlah gulungan angin puyuh itu ke atas rel dan kereta pun menubruknya.

Triman Djoewir A.S. mati. Orang tua itu tampaknya cukup berbahagia.

Orang tua itu menyebut dirinya Raisan bin Duloh Benggol alias Rais Belur, murid pertama perguruan silat Mangkok Merah. Ia tidak melawan ketika dua polisi meringkusnya dan membawanya ke Sektor Pintu Duabelas. Sepanjang malam ia dikurung satu sel dengan para maling, tukang todong, dan preman kambuhan. Keesokan harinya, di depan polisi ia memberikan pengakuan yang cukup penting menyangkut perguruan itu, diselingi batuk-batuk dan wajah letih yang tak bisa pulih lagi.

Mangkok Merah didirikan Muhammad Naim setelah ia undur diri dari dunia gerombolan pada akhir 1950-an. Hingga sang guru mati perguruan itu hanya menerima delapan murid. Rais dan teman-teman seperguruannya bukan melulu belajar silat, tapi juga mendalami kebatinan. Mengemis adalah laku perguruan yang hanya boleh dijalankan di luar kampung dan pada saat yang sangat terpaksa. Perlengkapan yang wajib dibawa saat mengemis adalah mangkok merah, maskot perguruan, sementara yang lain sesuai kebutuhan.

"Pada mulanya perguruan kami tidak bernama," katanya. "Tapi pada suatu malam Senin, setelah selesai latihan, *almukarom* guru kami menciptakan jurus baru secara tak sengaja dari sebuah mangkok merah – mangkok yang biasa kami gunakan untuk makan bubur kacang hijau setiap kali kelar latihan. Itulah jurus pamungkas yang menghasilkan angin puyuh dan mampu mengisap nyawa makhluk hidup yang digulungnya. Sejak itulah orang-orang menyebut perguruan kami si Mangkok Merah. Sepeti merek micin dan restoran."

Si polisi melirik barang bukti mangkok merah yang tergeletak di meja. Ia ingin menyentuhnya tapi ia urungkan niatnya itu. "Terus."

"Perguruan kami memang mengajarkan kebatinan. Kami memuliakan pembuat barang pecah-belah, pohon kelapa, rumpun kacang hijau dan jahe. Tak ketinggalan – petani garam. Kami juga menghormati angin yang bertiup melingkar dan debu yang menggenang dan menyesakkan dada. Kami bahkan mencintai dan memuliakan

pengemis sebagai wujud paripurna Tuhan di dunia
– selain Tuhan yang menampakkan diri sebagai
pemuda belasan tahun. Arah kiblat kami adalah
perkampungan pengemis.

"Kami percaya bahwa orang yang telah mati
akan hidup kembali jadi sesuatu yang ia sebut saat
sakratul maut. Karena itu masing-masing kami
bertekad untuk tidak menyebut apa-apa yang
paling kami benci. Kami tidak bisa membayangkan
seandainya nanti lahir kembali sebagai pembunuh
guru kami atau sebagai panci bocor. Kami selalu
ingin lahir kembali sebagai guru besar kami,
junjungan kami."

"Kau jangan kelewat banyak ngelantur,"
bentak si polisi seraya menggebrak meja di
depannya. Mangkok merah itu berputar tapi
segera tangan kanan Rais Belur menghentikannya.
"Fokus."

"Baiklah," ujar Rais Belur sambil menggeser
pantat. "Triman Djoewir A.S. adalah tukang bohong
tulen. Dia musuh bebuyutan *almukarom* guru kami.
Lawan dari segala lawan. Semoga Tuhan merebus
arwahnya di neraka. Sebenarnya, *almukarom* guru
kami telah membunuhnya pada sebuah pertarungan

yang meletihkan di tengah sawah pada saat bulan purnama. Saat dia masih bernama Rimat Gonggo. Tapi kemudian jahanam itu lahir kembali sebagai masinis, lantas kepala stasiun. Dia cari kelemahan *almukarom* guru kami, hari naasnya, dan dia berhasil membunuhnya sehari sebelum usianya genap 77 tahun."

"Bukankah orang setua gurumu itu bisa mati dengan sendirinya? Karena sakit tua atau apa begitu?" sela si polisi.

"Mungkin saja begitu. Takdir kematian bukan melulu soal waktu dan tempat, tapi juga soal sebab-musabab. Triman berhasil mencari tahu rahasia kematian *almukarom* guru kami. Dia hanya bisa mati di atas rel, ditabrak kereta, yang dari bahan itu pula Rimat Gonggo pernah membuat golok paling ampuh, golok yang digunakan *almukarom* guru kami untuk menghabisi musuh bebuyutannya itu. Dia merancang pembunuhan itu dengan rapi sehingga orang-orang hanya tahu *almukarom* guru kami mati karena kecelakaan."

Rais Belur berhenti. Batuk-batuk lagi. Dengan susah-payah ia mengatur napasnya, lantas merendahkan suaranya, "Dia juga mempekerjakan dua setan keder. Tugas mereka menggiring *almukarom* guru kami agar selalu melintasi rel kereta api menjelang detik-detik kematiannya."

"Oh..." Si polisi melongo cukup lama sebelum akhirnya mengangguk-angguk seperti burung pelatuk. "Tapi kenapa baru sekarang kau balas dendam?"

"Sebenarnya, kami sudah beberapa kali mencoba menghabisi jahanam itu. Tapi dia selalu lolos. Pernah pada suatu malam kami meringkusnya ketika dia baru pulang kondangan. Kami seret dia dengan motor di atas aspal. Di tebing batu kami menghantamnya dengan jurus mangkok merah hingga kepalanya hancur berantakan dan kami buang mayatnya ke sungai. Tapi besok paginya ia sudah ada di rumahnya lagi. Kepalanya hanya benjol-benjol. Pernah juga kami gergaji tubuhnya menjadi tiga bagian dan kami kubur di tiga tempat berbeda. Seminggu kemudian dia sudah menjadi kepala stasiun. Terakhir, kami bakar tubuhnya di tempat pembuangan sampah, tapi sebulan kemudian ia tampil dengan perawakan yang 10 tahun lebih muda."

"Mistik ini. Ajaib. Edan," teriak si polisi. Lantas ia mencabut dua batang rokok, satu untuknya satu untuk Rais Belur. "Supaya lebih mantap," katanya. Kini keduanya merokok dalam kegirangan penikmat dongeng. "Lanjut."

"Kami benar-benar dirasuki dendam kesumat sekaligus putus asa sebab tak bisa menghabisi musuh bebuyutan warisan guru kami. Hingga satu per satu kami sakit dan mati. Meninggalkan lingkaran setan ini, entah ke mana. Tinggal saya sendirian."

"Lantas, bagaimana kau menemukan rahasia kematian Triman?"

"Saya intai dia. Untuk bisa mengintainya dengan nyaman, tidak jarang saya mesti jadi gerombolan semut atau cicak yang kesepian atau burung gereja yang kelaparan. Saya ikuti ke mana langkahnya, saya awasi setiap geraknya, saya hafal segala perkataannya, pengakuan-pengakuan rahasianya, hingga seluruh hidupnya adalah pengetahuan saya. Sesekali, hanya untuk sekadar bermain-main, saya menjadi dirinya dan membuat istrinya bingung. Sebab di saat yang sama Triman ada di kantor dan ruang tamu, sedang membaca koran pagi."

"Ampun... " si polisi mendesis dan mengurut-urut keningnya.

"Termasuk ketika pada suatu malam saya mengintai Triman sedang merampungkan pengajaran silat buat anaknya yang semata wayang itu, di sebuah lembah tak jauh dari belakang rumahnya. Ternyata jurus-jurusnya sama dengan jurus-jurus *almukarom* guru kami. Hanya saja dia tidak memiliki jurus Mangkok Merah. Saya mulai yakin, mereka bukan hanya pernah berguru pada orang yang sama, tapi juga kembaran. Mereka bermusuhan, tapi saling merindukan, saling menghabisi. Mereka seperti bayangan, yang satu jatuh ke kiri, yang satu lagi jatuh ke kanan. Saya mulai yakin bahwa dia juga akan mati ditabrak kereta api. Yang saya tidak tahu, kapan persisnya."

"Kemarin?"

"Mungkin juga besok. Sebab, Minggu, 10 Februari 2008 adalah haul ke-36 wafatnya *almukarom* guru kami, atau ke-10 dalam ulangan tahun kabisat. Sebagai kembaran mungkin Triman akan mati di tanggal yang sama. Tapi Sabtu dan Minggu dia libur kerja untuk mengunjungi saudaranya di Cisaat, Sukabumi. Di sana memang ada jalur kereta api, tapi kereta jurusan Sukabumi-Bogor sudah tidak lagi melintas di atasnya.

Itulah kenapa dia mati kemarin di stasiun Pintu Duabelas."

"Sebentar... sepertinya kalimat tentang pengintaian tadi bukan darimu. Seingatku ada orang lain yang pernah mengatakannya."

"Itu sepenuhnya kalimat saya."

"Bukan."

"Ya," katanya. "Sebab sayalah yang dipanggil Muhammad Naim bin Marjuki Tengkek alias Naim Semar alias Rais Belur alias Jiman Lodong alias Raden Ngalim alias Kim Cheng Jangkung alias Nyai Menor alias Daeng Komit alias Mat Lope alias Deris Baplang...."

Mat Deroih dan Kudanya, Si Mustajab

Dalam penjelasan yang paling ringkas, Mat Deroih adalah seorang pendekar, atau mengaku sebagai pendekar. Lebih panjang sedikit, ia adalah seorang pendekar penunggang kuda. Ia memang sangat senang naik kuda dan karena itu ia telah menyempurnakan citra kependekarannya dengan cara membeli seekor kuda yang ia beri nama seperti sebuah doa, si Mustajab. Ia pernah membuat semacam teori tentang kependekaran yang kurang lebih bisa dirumuskan begini: Seorang pendekar tidak boleh berada di tengah orang ramai terlalu lama. Apalagi petentengan hanya untuk diketahui orang bahwa ia seorang pendekar. Ia hanya boleh menjadi bagian dari orang ramai ketika pertolongannya dibutuhkan. Setelah membaktikan ilmu dan tenaganya, ia mesti segera undur diri, ke balik gunung atau hutan, atau ke mana saja agar ia bisa mengasah kembali atau memperkaya jurus-jurusnya. Ketika itu ia harus betah sendirian dan kesepian. "Nah, Saudara-saudara," kata Mat

Deroih, "untuk ke sana ke mari sendirian dia musti naik kuda."

Teori itu ia bikin tanpa permintaan untuk sejumlah orang di sebuah kedai. Saat itu, dalam perjalanan pulang sehabis membeli kuda di dusun Ladam Tujuh, sebuah permukiman para penangkar kuda yang terletak di balik Gunung Macan, ia mampir ke kedai itu untuk makan dan melepas lelah. Kedai itu adalah sebuah gubuk bertiang batang kelapa dan beratap rumbia, dengan dinding papan kayu jinjing yang diserut kasar pada bagian bawah dan bilik dari bambu hitam di bagian atasnya. Pada bagian depan dan samping kiri, separuh dari dinding bagian atas itu bisa dibuka-tutup untuk menandai buka atau tidaknya kedai itu. Di dalamnya terdapat lima balai bambu berukuran sedang dengan alas tikar pandan. Tak ada kursi. Sementara ruang pajang makanan dan tempat masak ada di pojok kanan belakang. Di siang musim kemarau, kedai itu tampak teduh karena dibangun di bawah sebatang pohon trembesi yang besar dan rindang. Halamannya dibiarkan kosong dengan tanah yang ditaburi batu-batu kali seukuran jempol kaki. Di pojok depannya masing-masing tumbuh pohon alkesa dan pohon cermai, dengan sebarisan semak bluntas yang berfungsi sebagai pagar. Di pokok cermai itulah Mat Deroih menambatkan kudanya.

Begitu ia masuk, seorang lelaki tua yang sudah kehabisan hampir seluruh giginya menyambutnya dan menyilakan ia duduk di balai yang masih kosong. Ia menuju balai di pojok depan. Semula ia ingin duduk di pojok belakang agar bisa cukup jelas mendengar ricik air dari sungai kecil di belakang kedai, tetapi balai itu sudah diduduki oleh empat orang yang tengah asyik minum tuak. Pemilik kedai telah menawarinya makanan terbaik dan ia mengiyakannya tanpa banyak cakap. Sambil menunggu pesanannya datang, ia mengamati empat peminum itu. Ia kagum pada cara mereka menghabiskan minuman. Mereka tidak tertawa, apalagi berteriak-teriak, sebagaimana sekelompok peminum kelas sisik melik yang pernah ia bikin keok pada sebuah malam Cap Go Meh, tetapi mengangguk-anggukkan kepala ke depan, kiri dan kanan, masing-masing tiga kali, seraya memejamkan mata. Kadang-kadang mereka bersenandung berbarengan. Wajah mereka tampak bahagia dan memerah dengan keringat yang mulai menitik satu-dua.

Ketika itu, datanglah seorang perempuan muda membawa pesanan Mat Deroih dalam dua nampan berturut-turut. Nampan pertama berisi sebakul kecil nasi dari beras cere kuda, sayur gabus pucung, dan belut goreng; nampan kedua memuat pete bakar, sambel terasi, rujak kelapa puan, dan kobokan. Tidak kuceritakan bagaimana nikmatnya makanan yang dipesan Mat Deroih – biarlah itu menjadi bahan cerita mereka yang kelewat gandrung pada makanan dan karenanya mereka merasa terus-menerus berdosa kepada orang yang kelaparan di mana pun jua – tapi kuceritakan bagaimana penasaran Mat Deroih kepada para peminum itu. Bagaimana mungkin mereka bisa memadukan ritual berzikir dengan minuman keras, seumpama menggabungkan surga dengan neraka?

Lantaran penasaran, Mat Deroih juga memesan sebotol tuak setelah menghabiskan makanannya. Dengan sebotol tuak ia berharap tubuhnya akan lebih hangat menjelang perjalanan pulang nanti. Pada tegukan pertama ia membayangkan neraka yang membakar seluruh peminum di muka bumi ini. Pada tegukan kedua ia membayangkan surga dengan sungai yang mengalirkan bukan susu, tetapi tuak, sehingga seluruh penghuninya bisa berenangrenang dan tenggelam di dalamnya. Pada tegukan ketiga ia membayangkan seekor kuda coklat-kemerahan yang meringkik di tengah kobaran api. Begitu ia membuka matanya suara kuda itu masih terdengar, yang ternyata adalah ringkik kudanya sendiri. Seorang lelaki dari gerombolan peminum itu, yang tampangnya masih cukup waras, mengangkat botol ke arahnya dan ia pun membalas dengan laku serupa. Lelaki itu kemudian mendekati Deroih sambil membawa botol keramik dengan tangan kanannya. Deroih menggeser tubuhnya ke dinding untuk bersandar sekaligus memberi ruang pada tamunya itu. "Baru ini saya lihat orang naik kuda mampir ke sini," kata lelaki itu sambil terus mengamati satu-satunya kuda di halaman kedai.

Mat Deroih hanya tersenyum. Ia kembali memejam untuk menikmati pahit yang mengaliri tenggorokannya dan menyebarkan hangat secara pelan dan rahasia di sekujur tubuhnya, dengan sedikit sepat yang terasa tersangkut di pangkal tenggorokan. "Heemmmm...," katanya, penuh penghayatan. Begitu melek ia dapati lelaki di sebelahnya tengah mengawasi gagang golok di antara pinggangnya dan tas belacu yang ia selempangkan. Mat Deroih menunggu apa yang akan dilakukan lelaki itu selanjutnya. Tetapi kemudian lelaki itu kembali memperhatikan kudanya yang meringkik sambil mengosok-gosokkan lehernya ke pokok cermai. Sesekali kuda itu mengangkat dua kaki depannya. "Sssyyaahh," kata Mat Deroih dan kudanya pun diam.

"Setahu saya tidak ada orang sini yang punya kuda."

"Iya, saya orang sebelah utara. Cuma mampir."

"Bagus banget. Beli di mana?"

"Ladam Tujuh. Masih baru nih."

"Ohh..."

Tiga peminum di balai sebelah menoleh begitu mendengar nama dusun itu, lantas mengangguk lebih khusyuk lagi. Si penanya kembali asyik mengamati si coklat-kemerahan yang kini hanya mendupak-dupakkan kakinya. "Ngomong-ngomong, kuda Kisanak ini jenis apa, ya?"

"Oh... Kuda sandel, dari Sumba. Tapi masih ada keturunan kuda Arab."

"Ck... ck... ck...." Kini lelaki itu tidak memandangi kuda, tetapi melirik ke golok dan tas belacu Mat Deroih. "Kuda keturunan Arab? Apa kuda model begini masih bisa meringkik dalam bahasa Arab?"

Mat Deroih tersedak, lantas tertawa. Semua peminum di balai pojok belakang ikut-ikutan tertawa. *"Nahayaqa al-hishanu bil lughatil 'Arabiyah. Masya Allahhh. Almustahilun,"* kata satu di antara mereka.

Sekali lagi, derai tawa bergelombang dengan butir-butir halus tuak yang meletup dari mulut-mulut yang tergelak itu. Lelaki itu pun ikut-ikutan tertawa.

"Kau pernah naik kuda?" tanya Mat Deroih.

"Naik sado sering. Kalau sendirian kayak Kisanak, belum pernah."

"Naik kuda itu sebuah keutamaan."

"Keutamaan?"

"Ya, keutamaan seorang pendekar."

"Masak iya?"

Maka Mat Deroih kembali meneguk tuaknya. Ia pun bercerita tentang keutamaan pendekar sebagaimana telah kukutip di bagian awal ceritaku ini. Lelaki di sebelahnya mendengarkannya sembari mengangguk-angguk seakan mendengar ceramah seorang sayid dari Pekojan. Begitu juga para peminum itu; mereka seperti menyimak apa yang dikatakan Deroih. Sesekali mereka menyambut, "*Khair... khair...* " Karena itu Mat Deroih makin bersemangat melanjutkan teorinya. Katanya lagi, seorang pendekar yang menungang kuda nilainya lebih utama ketimbang yang naik oplet, kereta, atau kapal laut, apa lagi jalan kaki. Memang, dahulu ia pernah melihat seorang pendekar menaiki rakit bambu menyusuri sungai Cisadane. Berseragam baju sadariah dan celana pangsi hitam-hitam, orang itu memakai caping merah yang menutupi kepala hingga lehernya. Tangan kanannya mencekal gagang golok hitam mengilat – tampak gagah, tetapi juga lambat dan merepotkan. "Bisa apa dia di tengah kali yang banyak sampahnya dan bau bangkai, atau lagi kebanjiran?" tegas Mat Deroih.

Menunggang kuda, kata Mat Deroih, adalah kecepatan sekaligus kesendirian yang gagah dan menyatu dengan alam. Betapa gagahnya seorang pendekar jika maju ke medan perang dengan menunggang kuda sambil tangan kirinya mencekal tali kekang, tangan kanannya mengacungkan golok telanjang ke atas, dengan kemiringan 35 derajat, seraya meringkik kuda itu mengangkat dua kaki depannya. Bukankah itu citra kependekaran yang menakjubkan sebagaimana ia pernah melihat gambar Pangeran Diponegoro dalam laku seperti itu – dengan keris luk tujuh.

"Pangeran Diponegoro?" seseorang dari balai itu menyahut.

"Junjungan kita?" sambut yang lain.

"Ya," jawab Mat Deroih.

"Demi kuda yang berlari di pagi hari. Demi tanah dan nenek moyang kita yang terkubur di dalamnya, hancurkan kafir-kafir putih yang merampas tanah kita. Siapkan diri kalian untuk perang sabil ini. *Allahu Akbar...* " teriak penyambut tadi sebelum akhirnya ambruk di balai bambu.

"*Ollohu akebarrr.*"

Bbeerrrrgghhh...

Mat Deroih tak lagi punya penanggap, sebab seluruh pendengarnya kini tidur dengan wajah yang lebih bahagia, disusul dengkuran bersahutan setelah hitungan kesebelas. Maka ia pun menyudahi kuliah dua botol tuaknya. Benar-benar peminum yang aneh, pikirnya sambil melangkah ke pemilik kedai. "Aku seperti mengenal yang bertampang tentara Tartar itu," katanya setengah berbisik. "Seperti.... "

"Seperti apa, Pak?" si pemilik kedai menimpali, setengah berbisik pula.

"Ah... Tapi aku tidak yakin benar... Apa mereka sering datang ke sini?"

"Mereka memang sudah berkali-kali mampir ke warung saya. Tetapi melulu hanya minum tuak. Saya pernah tanya kenapa minum dengan cara seperti itu. Mereka bilang itu 'zikir tuak' namanya."

"Zikir tuak?"

"Ya, mereka manggut-manggut saja sampai akhirnya tertidur pulas," jawab si pemilik kedai. "Apa mereka kelihatan berbahaya?"

"Belum."

Mat Deroih membayar makanan dan minumannya. Dengan langkah yang sedikit memberat ia menuju pintu keluar. Di pelangkahan ia mencari-cari matahari sore yang disembunyikan oleh pepohon lebat di seberang jalan. Baru lewat waktu Asar, tetapi pemandangan tampak lebih gelap dari biasanya. Ia memijit-mijit pelipisnya. "Terima kasih untuk tuaknya. Nomor wahid," katanya kepada pemilik kedai.

"Sama-sama, Pak. Apa Bapak tidak tertarik membawanya pulang?"

"*Innn... Innamal khamru... Innamal khammm...* Mmberrrgggghhh," suara igauan dari balai bambu.

"Ah, aku telah disindir orang mabuk."

Ketika meninggalkan kedai itu Mat Deroih merasa wajah-wajah anggota majelis zikir tuak itu adalah wajah-wajah yang mengundang tawa. Bukankah peminum yang mengucapkan beberapa kata bahasa Arab itu adalah lelaki yang tak memiliki kumis baplang, sebagai salah satu citra kependekaran, kecuali beberapa helai di ujung kiri dan kanan mulutnya. Jika ia mendehem suaranya akan terdengar seperti suara kaleng susu yang diinjak. Sementara lelaki yang menghampiri dirinya adalah orang yang tak bisa menutup mulutnya jika mendengarkan orang lain berbicara, seakan-akan mulutnya itu kantong semar yang mengundang lalat masuk ke dalamnya. Dua lainnya adalah wajah-wajah kaum tani yang letih dan putus asa.

Di atas kudanya Mat Deroih masih tetap mengenang para peminum itu. Ia mencoba menirukan senandung mereka tetapi tidak berhasil. "Ya, aku seperti pernah mendengar senandung itu," ia berbicara kepada dirinya sendiri. Setelah cukup lama mengingat-ingat, akhirnya ia sampai pada sebuah lagu yang ia dengar lamat-lamat dari mulut seorang penangkar kuda yang menjual hasil penangkarannya kepada Mat Deroih. Saat itu ia masih ingin tidur di kamar yang disediakan, tetapi sejak Subuh si tuan rumah sudah sibuk mengurus kuda-kudanya. Ternyata tiga keluarga penangkar kuda di sana senantiasa menyanyikan pantun berkait yang sama ketika memberi makan, memandikan, atau meroskam kuda-kuda mereka. Begini:

Kuda makan di atas batu

Cari tempayan di lobang semut

Kepal tangan janganlah kaku

Tarik lengan ke depan perut

Hup!

Cari tempayan di lobang semut

Kuda-kuda palanya peyang

Tarik tangan ke depan perut

Kuda-kuda janganlah goyang

Eit!

Kalau kuda kukunya tiga

Suka-suka tiada yang punya

Kalau sudah waktunya tiba

Kuda-kuda tiada berguna

Hai!

Begitu seterusnya nyanyian itu diulang-ulang hingga mereka menyelesaikan pekerjaan mereka.

Lantas, apa hubungannya para peminum itu dengan para penangkar kuda di balik gunung sana? Itu soal yang belum bisa dijawab Mat Deroih. Kini ia mulai bisa menyenandungkan lagu itu sebagaimana para peminum tuak. Beberapa kali ia mengembuskan napasnya, untuk mengusir dingin di telapak tangannya. Udara hutan menjelang senja memang terasa dingin di kulit, tetapi bagian dalam tubuhnya masih punya cukup kehangatan lantaran tuak tadi. Melintasi perkebunan karet ia mulai melihat cahaya matahari sore yang menerobos seperti bentangan-bentangan kain kesumba. Tiba-tiba ia mendengar seperti kelebatan kelelawar dari arah belakang. Ah, kelelawar yang kelewat cepat gentayangan, pikirnya. Ternyata bukan kelelawar, melainkan sosok-sosok serupa gulungan kain hitam yang melayang penuh tenaga melampaui ia dan kudanya. Satu... dua... tiga.... Setelah cukup jauh melesat mereka membelok ke kanan dan menghilang di balik rimbun pepohon karet. Khawatir terjadi sesuatu, Mat Deroih mencekal gagang goloknya dan menghentikan langkah si Mustajab. Tiba-tiba sosok-sosok hitam itu kembali melesat lurus ke arahnya terus ke belakang. Si Mustajab meringkik dan mendupakkan kaki depannya, Mat Deroih kemudian menarik tali kekang sebelah kanan hingga kudanya berbalik dan tampak sosok-sosok hitam itu bertengger di pepucuk pohon karet dengan sangat anggun. Belum habis keheranan Mat Deroih, sosok-sosok hitam itu turun, kerikil-kerikil berderak oleh hunjaman tapak-tapak kaki mereka. "Maaf, Kisanak, kami mengganggu perjalananmu," kata seorang dari mereka seraya mengangkat tangan kanannya.

Mat Deroih mengenali wajah si pencegat itu. Ialah lelaki yang paling khusyuk minum tuak di kedai tadi, si tampang tentara Tartar. Dua temannya juga ia kenali; mereka yang tadi merunduk seraya mengangguk-anggukkan kepala dan menahan tubuh mereka dengan kedua tangan bertumpu di balai bambu agar mereka tidak cepat ambruk karena mabuk. Tetapi ke mana lelaki yang senantiasa membiarkan mulutnya menjadi kantong semar itu? Bagaimana mungkin mereka yang tadi mabuk kini bisa segar-bugar seperti sedia kala? Bagaimana pula tiga pencegatnya itu memiliki ilmu terbang yang elok sekali?

"Kami telah melampaui kuda dan kuda-kuda," kata si tampang tentara Tartar. "Bagi kami kuda adalah masa lalu. Seorang pendekar terbaik adalah ia yang tidak memiliki kuda. Tidak juga jalan kaki, naik getek, apalagi naik oplet atawa kereta. Pendekar terbaik adalah seekor burung."

"Seekor burung... Pendekar alap-alap?"

"Ha-ha-ha. Akhirnya Kisanak mengenali kami. *Syukran katsiran*," kata si tampang tentara Tartar sambil mengusap-usap kumisnya yang hanya beberapa lembar itu.

"*Khair... khair*," sambut anak buahnya.

"Aku tidak berurusan dengan kalian."

"Kami berurusan dengan siapa pun yang punya kuda peranakan dusun Ladam Tujuh."

"Aku tidak mencuri kuda ini dari siapa pun, aku membelinya."

"Kau membeli kuda dari orang-orang dusun yang lebih memuliakan kuda daripada Tuhannya sendiri. Kau penyokong kaum penyembah kuda."

"Kalian sengawur-ngawurnya manusia."

"Siapa pun manusia yang menyekutukan Tuhan musti ditumpas, *wa bilkhusus* binatang yang telah membuat mereka musyrik. Kami telah mengirim mereka ke neraka. Kini tinggal kau dan kudamu."

Dalam sekejap Mat Deroih membayangkan kehancuran dusun para penangkar kuda yang baru ia tinggalkan sehari sebelumnya. Kuda, istal, rumah, lumbung, laki-laki, perempuan, anak-anak, nyanyian.... "Kalian munafik dan tidak masuk akal."

"Kami hanya membela Tuhan dan memerangi musuh-musuhNya."

Mat Deroih terdiam, tapi tak mengalihkan matanya dari si tampang tentara Tartar. "Kau akan habis.... "

"Tubruk!"

Maka dua orang yang sejak tadi siaga melesat ke arah Mat Deroih. Gerakan terbang mereka sungguh seperti elang hendak mencaplok anak ayam. Golok mereka bersilangan seperti paruh elang yang terbuka dan siap menelan kepala Mat Deroih. Tetapi dengan cepat ia menarik tali kekang sehingga kudanya meringkik dan mengangkat ke dua kaki depannya. Dua tubuh yang melayang itu akhirnya menubruk kuda dan golok mereka menghantam ladam. Kuda Mat Deroih menjadi beringas karena kakinya terluka oleh sabetan golok; ia kembali mendupakkan kakinya sehingga dua penyerangnya terlontar ke belakang. Mereka tidak langsung terjatuh, tetapi tubuh mereka bergulungan di udara lalu mendarat dengan kuda-kuda tegak di tanah. Mat Deroih meloncat dari kudanya dan membiarkan tunggangan kesayangannya itu menyingkir ke tepi jalan. Kali ini ia sudah lebih siap dengan golok terhunus. Untuk kedua kalinya dua pendekar alap-alap itu kembali melesat ke arahnya. Golok-golok mereka menusuk lurus ke depan, hingga sampai pada titik yang tepat Mat Deroih membuat sabetan berputar 360 derajat dan melintang dari kanan ke kiri. Terdengar dentingan dua kali. Setelah itu sekali lagi sabetan melintang ke kanan dan sodokan keras ke depan ketika dua penyerangnya belum awas benar. Mat Deroih menarik goloknya begitu terdengar jeritan nyaris bersamaan. Seorang dari mereka memegangi perutnya yang sobek dan mengucurkan darah, sementara yang satunya lagi robek pula perutnya dan buntung tangan kanannya. Darah bercampur cairan kental kuning menetes pelan dari ujung golok Mat Deroih yang mengacung tepat ke wajah si buntung. "Menyingkirlah kau sebelum kubikin gerumpung tanganmu yang satu lagi," katanya.

Si buntung mengesot ke pinggir dengan tangan kanan yang terus mengucurkan darah. Tubuhnya gemetar menahan sakit, sementara telapak tangan kanannya ia biarkan tergeletak di tengah jalan. Adapun temannya tergeletak dengan kedua tangan yang mencoba menahan usus yang terus mekar dari perutnya yang sobek. Petang datang dengan bayang-bayang maut yang terus mendekat. Malaikat Maut seperti tengah menunggu keduanya di balik pokok karet. Dan itu membuat gentar sekaligus berang si tampang tentara Tartar. Maka, ia pun mencabut goloknya, tapi Mat Deroih menahannya dengan acungan golok. "Kini aku ingat siapa kau. Tadi pagi kau menyaru sebagai pedagang kacang rebus di depan penginapanku."

"Ya. Kami menghancurkan perkampungan penangkar kuda itu tidak lama setelah kau pergi. Aku dapatkan namamu dari penangkar kuda terakhir sebelum ia kubunuh."

"Kau akan mati lebih sia-sia dari mereka."

"Aku tak akan mati sebelum bangkaimu tergeletak di depanku."

"Baik. Tapi, sebelum itu kuberi tahu kau satu hal lagi tentang kuda."

Si tampang tentara Tartar memperkokoh kuda-kudanya seraya menyilangkan goloknya ke dada.

"Kau tahu, dari kuda kita kenal istilah 'kuda-kuda'. Kita semua tahu apa artinya, kan? Tanpa kuda dan kuda-kuda tidak ada kependekaran."

Pembaca budiman, itulah teori kuda dan kependekaran berikutnya dari Mat Deroih. Jika dituturkan ulang, beginilah jadinya: Kuda-kuda dalam ilmu silat apa pun menentukan kokoh atau tidaknya pertahanan seorang pesilat. Dalam sejumlah ragam ilmu silat yang tumbuh di Betawi dan sekitarnya sejak seratus tahun terakhir, kuda-kuda terbentuk oleh posisi kaki kiri dan kanan yang berseberangan secara diagonal, menapak kuat ke tanah dengan lutut yang ditekuk bersudut sekitar 100 derajat. Posisi siap-sedia ini bisa berpindah ke sana ke mari dengan cara mengosekkan telapak kaki dari luar ke dalam hingga menyentuh telapak kaki sebelahnya kemudian keluar lagi seperti bentuk bumerang dengan posisi tetap diagonal.

"Ingat," kata Mat Deroih, "di dalam kuda-kuda yang kuat terdapat pesilat yang hebat."

"Alah, padasan bocor luh!"

"Kini, bersiaplah untuk berenang di atas genangan darahmu sendiri, Jahanam."

"Hiaaatt!"

Maka, sebagaimana telah dicatat dalam laporan Komseko Gunung Macan, Muhtar bin Sirun alias Metar Betok – itulah nama dan panggilan si tampang tentara Tartar – bersama dua temannya, Nisan Bakot dan Ali Derun, ditemukan terbunuh di tepi jalan, lima kilometer dari pos pertama pendakian Gunung Macan, pada 23 Agustus 1965. Tubuhnya tergeletak dengan leher yang nyaris putus. Orang-orang kemudian menemukan mayatnya seperti tengah berenang di antara genangan darah dan koloni semut.

Adapun punggung Mat Deroih terkena sabetan golok Metar Betok, dari pangkal lengan kiri menyilang ke tengah-bawah, hampir dua jengkal panjangnya. Tasnya yang putus akibat sabetan golok itu, ia ikatkan di pinggangnya. Dengan luka yang terus mengucurkan darah ia memacu kudanya yang juga sudah terluka melintasi sisa hutan karet dan kemudian berbelok ke persawahan di sebelah kanan. Malam dan luka telah membuat lari kudanya lebih lambat dari biasanya. Ia mencari rumah seorang dukun yang pernah menolong gurunya setelah menaklukkan Rimat Gonggo. Dukun yang sehari-harinya adalah seorang peternak bebek. Rumahnya tersembunyi di balik persawahan dan hanya bisa ditempuh dengan berjalan kaki di tegalan. Ia pun menuntun kudanya melintasi tegalan setelah beberapa kali kakinya dan kaki kudanya terjeblos ke dalam lumpur. Setiba di depan rumah sang dukun baju putihnya telah merah sepenuhnya. Lelaki tua yang ia tuju tengah memompa lampu petromaks begitu ia jatuh di pelataran. "Saya murid Muhammad Naim," katanya begitu si dukun datang menghampiri.

"Ya, anak itu sudah lama sekali tidak ke sini," sahut si lelaki tua. Tanpa banyak omong lagi, ia memapah Mat Deroih masuk ke rumahnya dan menengkurapkannya di sebuah balai ketapang. Ia memeriksa luka Mat Deroih dengan hati-hati.

"Untung golok pembikin luka ini tidak beracun," katanya. "Jika iya, kau sudah mati di tengah sawah."

"Pendekar alap-alap.... "

"Aku tahu siapa mereka."

Malam itu si dukun mengobati luka Mat Deroih dengan caranya sendiri. Setelah membersihkan luka dengan air hangat, ia memberi Mat Deroih sebotol arak cina. "Minum," pintanya. Mat Deroih melongo. "Minum atau kau akan menjerit-jerit saat kujahit lukamu."

Tanpa pikir panjang, kecuali demi kesembuhannya, Mat Deroih menenggak arak itu. Lebih keras dari tuak yang diminumnya di kedai. Ia menatap wajah sang dukun yang tanpa menoleh menyiapkan jarum dan benang. Sang dukun membakar jarum itu di atas api petromaks. Katanya lagi, "Habiskan."

Maka Mat Deroih pun menenggak habis arak itu sambil menahan sakit di punggungnya. Ia tak ingat lagi bagaimana sang dukun menjahit lukanya, sebab ia tertidur sebelum sang dukun merampungkan pekerjaannya. Malam itu ia tidur tanpa mimpi sama sekali hingga riuh suara bebek di belakang rumah membangunkannya ketika pagi tiba.

Dukun itu merawat Mat Deroih hingga tiga pekan lamanya. Di samping mengobati lukanya, si tua juga mengurut sekujur badan Mat Deroih dan mengajarinya beberapa jurus tambahan yang penting. Begitu lukanya mulai mengering, Mat Deroih memutuskan melanjutkan perjalanan pulang. Kudanya juga telah sembuh. Tapi sang dukun mencegahnya. "Jangan berkeliaran dulu. Orang-orang, polisi apalagi, masih mencarimu. Tinggallah di sini beberapa hari lagi sampai jurus-jurusmu lengkap," katanya.

Sampai pada hari yang cukup aman, Mat Deroih mohon pamit kepada sang dukun. Tetapi lelaki tua itu meminta ia meninggalkan kudanya. "Tinggalkan kudamu. Dia aman di sini. Aku bakal merawatnya. Bawalah tongkat ini dan tasmu saja. Berlakulah seakan-akan kau pengemis."

Berlaku sebagai pengemis? Mat Deroih memang belajar silat dan lain-lainnya kepada Muhammad Naim, pemimpin perguruan silat Mangkok Merah, meskipun sang Guru mengaku hanya punya delapan murid – tidak termasuk dirinya. Dan para murid perguruan Mangkok Merah biasa berlaku sebagai pengemis ketika mereka melakukan perjalanan jauh. Tapi ia tidak mau berlaku sebagai pengemis, itu cara hidup yang menghinakan manusia seperti dirinya. Baginya berlaku sebagai pengemis adalah penyia-nyiaan akal dan kekuatan manusia.

"Kau tidak punya banyak pilihan. Laku seperti ini paling aman buatmu sekarang," kata si dukun seraya menatap tajam Mat Deroih. "Sesungguhnya, semulia-mulianya seorang pendekar adalah ia yang berjalan kaki."

Jalan kaki? Mat Deroih memang telah menghabiskan hampir seluruh uangnya untuk membeli kuda dan makan-minum di kedai. Di kantongnya tinggal beberapa perak saja. Hanya cukup untuk membeli segelas kopi dan dua potong talas rebus.

"Aku tidak punya uang lebih buatmu. Ini untuk makan siang," kata si dukun sambil menyerahkan tiga keping koin. "Tapi kau bisa menjual ini jika kaubutuh ongkos untuk sampai ke rumah dan sedikit bersenang-senang," katanya lagi seraya menyodorkan sebongsang telur bebek mentah.

Maka, Mat Deroih pun pamitan dan pergi meninggalkan gubuk dukun itu dengan seluruh pemberiannya. Ia melintasi kembali jalan kecil di antara semak-belukar dan tegalan yang pernah ia lalui ketika luka parah. Jalan-jalan yang membuatnya mampu mencium kembali anyir darahnya sendiri, mengenang lagi ringkik letih kuda kesayangannya, malam yang penuh kematian itu. Kini, ia memang tampak seperti pengemis dan jika bukan demi menghargai seluruh pertolongan dan kebaikan hati dukun *cum* peternak bebek itu, sudah ia buang seluruh pemberiannya. Ia terus menyusuri jalan tanah hingga sampai ke jalan utama yang jika berbelok ke kiri menuju lokasi pertarungannya dengan rombongan pendekar alap-alap. Ia berbelok ke kanan menuju utara dan terus menyusuri sisi kiri jalan dengan menurunkan sisi depan capingnya sehingga seluruh wajahnya tersembunyi dari tatapan orang lalu. Setelah cukup letih berjalan dengan perut yang terus berkerucukan, ia menemukan sebuah kedai. Maka ia pun masuk ke situ; banyak orang yang tengah makan siang. Riuh rendah suara obrolan, keciplak lidah, denting sendok pada piring, sendawa, dan siulan orang yang kenyang dan bahagia. Dengan hati-hati ia menemui seorang lelaki yang tengah menyendok nasi di pojok belakang; ia yakin lelaki berjenggot itulah sang pemilik kedai. Sementara tiga depa di samping kanannya empat lelaki tengah asyik menikmati makanan di atas meja mereka. Mengendus bau masakan dari meja dan dapur, membuat dirinya tambah merana. Tetapi ia tahan penderitaan itu, hingga ia memberanikan diri berbicara kepada lelaki yang ia tuju. "Pak, mau mbayarin telor bebek?"

"Berapa?"

"Tiga puluh."

"Coba sini." Lelaki itu kemudian menyerahkan nasi kepada pelayan yang sudah menunggu dengan nampan berisi ayam bakar, sambal terasi, dan es cincau. Kemudian ia mengamati telur-telur yang disodorkan Mat Deroih. "Telor bebek apaan nih? Kok biru banget romannya?"

"Bebek Cibatok. Asli Sunda."

"Baru dengar gua."

Tiba-tiba salah seorang yang tengah makan menimpali, "Apa bebek Kisanak bisa berkwek-kwek dalam bahasa Sunda? *Tiasa?*"

Para pemakan lainnya langsung tertawa begitu mendengar pertanyaan itu. Tetapi Mat Deroih tidak. Ia merasa mengenali orang dengan suara dan pertanyaan seperti itu. Pelan-pelan ia menoleh dan menatap lelaki yang barusan bertanya. Ya, lelaki itu kini memakai laken hitam dengan hiasan selembar bulu burung di sisi kanannya. Mulutnya menganga begitu ia beradu pandang dengan Mat Deroih. Tapi Mat Deroih memberinya senyum seraya dengan tenang ia geser gagang golok di balik bajunya. Si penanya pun membalas senyum itu dengan sebuah perkenalan, "Assalamualaikum."

"Waalaikum salam."

Kini Mat Deroih sadar apa yang harus dilakukannya selanjutnya.

Kkkkhhaaaaaakk!

*Tak siapa dan apa pun di dunia ini akan
melindungimu dari pembalasan seekor gagak. Di
rahim ibumu sekalipun kau sembunyi. Kelak kau
akan mampus sehari sebelum usiamu digenapkan.
Serupa buah kenari, kau jatuh dan berdebam di
atas batu. Kkkkhhaaaaaakk!*

Menjelang lompatan ke-100 Ihsan Gagak Riman
merasa penglihatannya berkunang-kunang.
Persendian lututnya ngilu sekaligus panas.
Kepalanya memberat. Tubuhnya doyong 31
derajat. Seluruh pemandangan di depan matanya
berubah warna menjadi hitam kemerah-merahan.
Segala jenis suara melirih. Kematian itu, yang
dinujum lewat sebuah mimpi buruk, seperti sudah
di ujung hidungnya.

Namun, hanya sekedipan sebelum ambruk ke
aspal, seorang lelaki bersayap hitam tiba-tiba meraih
tubuhnya. Dengan gerakan yang sangat terlatih ia
membawa Ihsan Gagak Riman terbang. Sementara
sejumlah orang yang sempat menyaksikan

keajaiban itu hanya bisa ternganga, menyebut nama Tuhan, ibu, dan binatang peliharaan mereka. Setelah melintasi sebentang danau buatan, menerobos celah di antara pepohonan, melompati atap sangkar raksasa dan nyaris menabrak seekor kuntul, lelaki-serupa-burung itu mendarat di sebuah bangku di sebalik gerumbul bugenvil. Di bangku beton yang mulai retak dan lumutan ia membantu Ihsan Gagak Riman mencopot kedok kepala gagak dari kepalanya, melepas sayap buatan dari punggungnya, memijit-mijit pelipis dan lehernya. Membuat Ihsan Gagak Riman kembali melihat dunia dengan penglihatan sesegar limau masak.

"Terima kasih," ia berkata dengan suara yang masih bergetar. "Namaku Ihsan Gagak Riman, tetapi orang-orang memanggilku Cangkriman. Aku maskot taman burung ini."

"Aku Garifin, Muhammad Gagak Arifin, pengunjung biasa."

Dengan daya hidup yang penuh kagum dan terima kasih Cangkriman mencermati setiap jengkal tubuh Garifin. Tetapi yang paling menyedot perhatiannya adalah sepasang sayap lelaki itu.

Sepasang sayap yang tak membutuhkan gerakan turun-naik sepasang tangan untuk menerbangkan pemiliknya. Sepasang sayap yang jauh lebih kekar dan lebih menyerupai aslinya jika dibandingkan dengan sayap buatan yang ia pakai selama ini. Kedua pangkalnya menempel kokoh di sekitar tulang belikat, terselimuti oleh baju gamis merah marun yang memanjang hingga ke lutut. Bulu-bulunya tersusun rapi dan mengilat ditimpa sinar matahari sore, kelihatan sebagai sayap yang lebih banyak dipakai terbang ketimbang melata di jalanan. Bukankah dengan penampilan seperti itu Garifin jauh lebih meyakinkan untuk menjadi seekor burung atau seorang dewa atau seorang malaikat ketimbang dirinya?

"Kau sungguh bisa terbang?" tanya Cangkriman dengan mata berbinar-binar.

"Ya, jika perlu saja. Tapi berjalan seperti penguin pun aku bisa," jawab Garifin, datar.

"Apa kau titisan Boreas?"

"Dewa-dewa telah mati sebab kelewat sering menyusahkan manusia. Keturunan mereka hanya tinggal cerita."

"Atau, jangan-jangan, kau seorang malaikat?"

"Malaikat tak punya nafsu, apalagi dendam, aku punya."

"Lantas kenapa kau menolongku?"

"Karena tak ada dewa atau malaikat yang mau menolongmu."

"Apa kau datang ke sini hanya untuk menolongku?"

"Sebetulnya tidak. Aku ke sini untuk mencocokkan mimpiku. Berkali-kali aku bermimpi tentang sebuah taman burung. Pohon-pohonnya kemilau, mataharinya cemerlang, tapi jalan-jalannya menyesatkan. Dan aku selalu kembali pada seruas jalan dengan barisan pohon kenari di kanan-kirinya. Dan ada seekor burung hitam, mungkin jalak suren, tetapi lebih tepat gagak, yang selalu mengejekku. Burung jahanam yang sedang kuburu."

"Kenapa kau memburunya?"

"Ia mencelakai seluruh anggota keluargaku. Sebelah mata mereka picak karena burung sialan itu."

"Kau berhasil menangkapnya barusan."

"Humormu membuatku iba."

Cangkriman tertawa getir disusul Garifin.

"Kkkkhhaaaaaakk!"

Cangkriman tersedak.

Setibanya di rumah Cangkriman merasakan cemas yang sangat. Bukan karena encoknya yang terasa akan kambuh lagi, tetapi karena Garifin. Ia sempat menatap sepasang mata lelaki itu saat mereka sama tertawa dan merasakan mata itu menyedot seluruh keriangan hatinya. Seperti mata seorang pembunuh yang sedang mencari mangsa; setajam mata malaikat maut. Bukankah ia juga memakai nama "Gagak" dan meneriakkan tiruan suara gagak yang dulu pernah membuatnya terjaga dan ketakutan setengah mati. Tapi mengapa ia menyelamatkan aku, Cangkriman tak habis pikir.

Di kamar mandi Cangkriman masih mencoba mengingat-ingat apakah sebelumnya ia pernah bertemu Garifin atau orang yang mirip dengannya. Pasalnya ia merasa tidak asing dengan lelaki bersayap hitam itu: Usia sekitar 50 tahun, tahi lalat di kiri atas bibir, mulut mengok ke kanan saat tertawa, dan jemari tangan kanan yang selalu bergerak tak terkontrol. Seperti kena strum. Tetapi kali ini ingatan Cangkriman tidak berhasil memindai siapa pun dengan ciri-ciri seperti itu.

Namun, ketika memandangi cermin kamar mandi barulah Cangkriman sadar, ternyata ia mempunyai sejumlah kemiripan dengan Garifin. Rambut mereka sama lurus-tipis dan disisir belah pinggir. Bedanya, Cangkriman ke kiri Garifin ke kanan. Tahi lalat dan mulut mereka sama letak dan cacatnya.

Belum lagi soal gagak. Jika Garifin masih memburu seekor gagak, Cangkriman sudah menembaknya. Itu terjadi di kaki Gunung Galunggung lima tahun silam. Gagak malang itu harus menjadi sasaran kejengkelannya karena setelah letih menyusuri lereng selama lebih dari tiga jam tak seekor pun babi pun ia dapat. Di tengah keletihan dan kejengkelan ia mendapati seekor gagak yang bertengger di salah satu ranting mahoni. Gagak itu terus saja bekoakan seperti sedang mengejek kesialan dirinya. Ejekannya baru berhenti setelah kepalanya hancur oleh senapan berburu kesayangan Cangkriman, mouser kaliber 30,06.

Namun, dari sinilah malapetaka bermula. Malam harinya ia bermimpi buruk. Gagak yang tadi siang dibunuhnya hadir dalam ukuran raksasa dan menyerang mata kirinya. Setelah Cangkriman meraung-raung dengan mata berdarah sang gagak menyumpahinya dengan kutukan maut itu. Ia terjaga dengan bayang-bayang maut yang tak mau pergi dari matanya. Sejak malam itu ia menyimpan rasa bersalah pada gagak dan seluruh jenis burung. Maka ia menebus rasa bersalahnya dengan mencintai seluruh jenis burung, membangun kekerabatan dengan mereka, menggali segala pengetahuan tentang mereka, dan di saat yang sama ia merasa masih ada sosok-serupa-burung yang selalu mengintainya ke mana pun ia pergi. Hingga ia merantau ke kota ini dan bekerja sebagai maskot taman burung dan penulis lepas.

Sampai di sini Cangkriman berhenti memikirkan Garifin dan gagak itu sebab ia harus menulis untuk tabloid *Coco & Rico*. Malam ini ia bertekad menulis esai tentang burung dan segala jenis penjelmaannya yang mengancam sekaligus melindungi manusia. Pengetahuan dan ingatannya berpindah-pindah antara gagak, Garifin dan

Griffin, makhluk mitologis berkepala dan bersayap rajawali dan separuh ke bawah bertubuh singa. Makhluk yang selalu membayang-bayangi Garifin, yang lebih terasa mengancamnya ketimbang melindunginya. Ia harus mengirim esai itu lewat email sebelum jam 11 malam – masih ada kurang lebih empat jam. Ia mengisi bagian pertama tulisannya dengan cerita tentang asal-usul Griffin, sebarannya, dan berbagai variasi visualisasinya. Tetapi memasuki baris pertama alinea ke-23 ujung telunjuk kanannya berhenti di tuts "G", kepalanya mengangguk sekali, matanya memejam, semenit kemudian dua tetes liurnya jatuh ke atas meja....

Cangkriman terdampar di sebuah ruangan yang seluruh dindingnya dipenuhi oleh susunan buku-buku. Sementara di lantai buku-buku berserakan, bercampur dengan serakan kulit kacang, cangkir kosong, puntung rokok, dan bulu ayam. Tapi di tengahnya ada sebuah meja rias dan cermin bundar mahabesar menatapnya. Dengan hasrat seorang anak kecil ia mendekati cermin itu dan mendapati benda-benda di dalamnya tiba-tiba menyungsang dan mengembang seperti adonan roti. Hanya dirinya yang terbebas dari keajaiban itu.

Semula ia menyangka cermin itu perpaduan yang membingungkan antara lup dan cermin cekung, ternyata bukan. Sebab begitu ia mencermati sekelilingnya benda-benda tadi memang telah terbalik dan mengembang berkali-kali lipat. Termasuk sebuah sisir raksasa yang tergeletak di atas meja rias. Ia ingin memakai sisir itu agar sisiran rambutnya sama dengan sisiran Garifin. Sialnya permukaan cermin itu tiba-tiba bergelombang dan menyemburkan hawa panas yang nyaris membakar wajahnya. Cangkriman cepat-cepat mengambil sebuah kamus untuk melindungi wajahnya. Dalam gerakan mahacepat ia masih sempat melihat makhluk bertubuh separuh rajawali separuh singa di dalam cermin bergelombang itu. Paruhnya terbuka seperti akan menelan tubuhnya. Cangkriman ingin berteriak tetapi kerongkongannya tersumbat.

Suara dering telepon kemudian membuyarkan ketegangan itu. Lantas sepotong suara tanpa jenis kelamin, "Cangkriman, cepat keluar. Monster itu akan mengganyangmu."

Cangkriman terbangun dan benar-benar mendengar dering keras telepon selularnya. Ia mengangkat telepon itu dan redaktur yang biasa memuat tulisannya marah-marah dan memberi waktu satu jam lagi. Jika tidak, ruang esainya akan diisi dengan iklan layanan masyarakat. Dalam kelelahan akibat mimpi buruk itu Cangkriman berhasil menyelesaikan esai tersebut. Tak lama setelah ia mengirim email, sang redaktur menelepon lagi dan memuji esai itu sebagai esai terbaik Cangkriman.

Cangkriman tidak peduli benar dengan pujian itu sebab pikirannya kembali dipenuhi oleh mimpi buruknya barusan dan, lagi-lagi, Garifin. Dinding buku-buku itu mengingatkan ia pada perpustakaan di tempatnya bekerja – ruang besar dengan rak-rak buku setinggi tiga meter yang hanya sekitar setengah kilometer dari kamar tidurnya kini. Memang, taman burung itu juga dilengkapi dengan perpustakaan yang cukup lengkap koleksinya, ribuan buku tentang segala jenis burung dari seluruh penjuru dunia, dari zaman prasejarah hingga hari ini. Termasuk sejumlah spesies burung yang hanya hidup dalam mitologi dan karya sastra modern.

Kini Cangkriman ingat sepenuhnya, di perpustakaan itulah ia pernah bertemu dengan seorang yang mirip Garifin. Saat itu hampir setengah tahun lalu, seminggu setelah kematian ayahnya, Kamis menjelang petang. Mendung di luar dan pendingin udara yang menggigit membuat ia makin merapatkan jaketnya ke badannya dan lebih khyusuk lagi membaca *Bustanu Thair* (*Taman Burung-burung*), sebuah hikayat terlarang dari zaman Sultan Iskandar Muda. Ditulis dalam Arab Melayu; keterangan tentang pengarangnya telah (di)hilang(kan), juga beberapa detail cerita. Isinya kurang lebih tentang Raja Isra yang terbang ke sorga dengan sepasang sayap yang didapatnya setelah merapal tujuh ayat suci. Tetapi setelah beberapa saat di sorga Sang Maharaja Cahaya mengusirnya sebab ia tidak mau kembali lagi ke bumi untuk mengurus rakyatnya. Ketika Cangkriman akan beralih ke *fashal* yang menceritakan pengusiran itu kilat menyambar dan ia menatap jendela. Sosok bersayap hitam menatapnya.

"Hata maka mengepaklah sayap cahaya Jibrail alaihisalam. Maka seluruh isi swarga bergetar dan hairanlah adanya. Maka melayang-layanglah tubuh Raja Isra seperti daun kenari di bawah samawi. Dan serupa buah kenari, kau akan jatuh dan berdebam di atas batu," kata sosok bersayap hitam itu dengan suara yang menggetarkan kaca jendela.

Dengan rasa takut campur heran Cangkriman segera mencocokkan tiga kalimat pertama itu dengan baris-baris awal halaman berikut kitab yang sedang dibacanya. Ternyata cocok. Ia mengalihkan pandangan ke makhluk menjengkelkan itu dan hanya mendapatkan sorot mata mengejek sebelum akhirnya makhluk itu menghilang.

Kini hakul yakinlah Cangkriman bahwa Garifin adalah penjelmaan gagak yang dulu pernah dibunuhnya. Dan gagak itu adalah penjelmaan paling sempurna iblis penghuni neraka jahanam yang mengincar nyawanya. Bentuk mutakhirnya kini sengaja muncul di dalam mimpi dan kehidupan nyata Cangkriman. Garifin juga sengaja mengulur kesempatan untuk membunuhnya. Agar ketakutannya mengembang seperti benda-benda dalam mimpinya itu dan ia mampus dalam ketakutan tak tepermanai.

Tiba-tiba pintu kamar Cangkriman diketuk orang. Tak ada uluk salam. Ia langsung menduga si pengetuk itu pasti Garifin. Jahanam itu pasti sudah siap menuntaskan dendamnya, pikir Cangkriman. Dengan langkah yang tidak menimbulkan bunyi pada lantai ia menuju lemari kaca dan mengambil mouser kaliber 30,06 yang sejak lima tahun lalu hanya menjadi hiasan ruang tamunya. Ketukan itu makin keras kian kerap. Tetapi dengan tenang ia memasukkan peluru ke senapan berburunya dan maju dengan senapan siap tembak. Dua langkah sebelum mencapai pintu, terdengar sepotong suara tanpa jenis kelamin, "Cangkriman, cepat keluar. Senapan itu akan membunuhmu."

"Iblis sialan. Kau mempermainkan aku lagi," maki Cangkriman.

Cangkriman membuka pintu tetapi tidak mendapati siapa pun di depan pintunya. Hanya suara-suara pungguk di balik rimbun pepohonan, bersahut-sahutan. Angin malam menghantam tubuhnya, menebarkan dingin sekaligus bau apak bulu-bulu burung. Di bawah siraman cahaya bulan purnama ia kemudian menangkap sosok bersayap terbang melintasi reranting angsana dan trembesi. Ia ikuti arah terbang makhluk itu hingga sampai ke jalan raya. Sesekali ia harus berhenti untuk memastikan keberadaan makhluk sialan itu. Di ruas jalan yang kiri-kanannya ditumbuhi pohon kenari ia berhenti. Tepat di bawah pohon kenari yang condong ke jalan ia mendapati Garifin berdiri dan di situ pula si jahanam itu menyelamatkannya tadi sore. Garifin bersedekap dan sepasang sayapnya setengah mengembang.

Cangkriman berhenti lima depa di depan Garifin dan mengarahkan senapan berburunya ke makhluk paling menjengkelkan itu. Tetapi yang dituju, seperti biasa, hanya tersenyum mengejek. Dengan kejelian seorang pemburu kawakan ia picingkan mata kirinya dan ia tahan napasnya beberapa detik. Sambil terus membidik ia merasakan dingin kayu gagang senapannya meresap ke pipi kirinya. Dengan gerakan yang penuh percaya diri telunjuknya menarik picu. Tetapi... senapan itu tidak meledak sama-sekali. Sekali lagi ia tarik picu itu, hasilnya sama. Sekali lagi, tetap sama. Cangkriman panik, Garifin maju selangkah. Tiba-tiba tubuhnya gemetar dan ia jatuh duduk sambil tetap memegangi senapannya. Garifin kian mendekat. Keringat dingin mulai mengucur dari kening dan pelipis Cangkriman. Mata Garifin, yang kini hanya sehasta jaraknya dari matanya, sekali lagi, menyedot keriangan hatinya.

"Aku telah menebus dosaku dengan berhenti berburu. Kucintai segala jenis burung, lebih-lebih gagak, dengan segala daya hidupku hingga aku tak bisa berbagi lagi dengan yang lain. Bahkan telah kulakoni pekerjaan yang membuat encokku sering kambuh dan jadi bahan tertawaan anak-anak. Lantas apa lagi yang kautuntut dariku?" kata Cangkriman, hampir menangis.

"Terbanglah dan aku akan menuntaskan dendamku," kata Garifin.

"Aku bukan keturunan Boreas, bukan malaikat, bukan gagak."

"Ayolah, Ihsan Gagak Riman. Raihlah impian terbesarmu. Bukankah kau selalu berlatih untuk bisa menjadi seperti aku."

"Semuanya sia-sia. Aku tak lagi punya mimpi. Aku akan menyongsong takdirku."

Cangkriman mulai menangis.

Tiba-tiba secara bersamaan Garifin mengepakkan sayapnya dan menepukkan kedua belah tangannya. Cangkriman mengaduh. Di sekitar tulang belikatnya perlahan-lahan tumbuh sepasang sayap. Makin lama makin besar kian kekar. Sekekar dan seindah sayap Garifin. Cangkriman bangkit dengan darah kanak-kanak yang mengaliri seluruh pembuluh tubuhnya. Dengan girang ia kepak-kepakkan sayap barunya. Tubuhnya terangkat. Setengah meter, satu meter, terus dan terus. Ia bisa terbang! Sebenar-benarnya terbang. Ia berputar-putar, naik-turun, menukik dan naik lagi. Ia tertawa sekaligus berkoakan. Setelah puas terbang, dengan anggunnya ia bertengger di sejulur dahan kenari. Ia memandang Garifin sambil tersenyum.

Namun, yang dipandang sudah bersiap dengan senapan berburu peninggalan Cangkriman. Dengan kejelian seorang pemburu kawakan Garifin pun membidik Cangkriman. Pembidik dan terbidik sama-sama menahan napas. Dan *dor!* Beberapa ekor burung terjaga dan terbang tak tentu arah. Sebutir peluru menembus dahi Cangkriman. Perlahan-lahan tubuhnya doyong, menukik, membentur reranting kenari, dan berdebam di atas aspal.

Ihsan Gagak Riman bin Yahya Sulaiman mati pada usia 51 tahun, 11 bulan, 29 hari. Ratusan orang, sebagian besar pengunjung taman burung, mengikuti prosesi pemakamannya di sebuah permakaman desa tak jauh dari taman itu. Aku tak sampai hati ikut dalam kerumunan duka lara itu.

Dari pucuk tertinggi pohon asam jawa kupandangi mayatnya perlahan-lahan diturunkan ke liang lahat. Semuanya berlangsung dalam tatapanku yang tanpa kedipan. Hingga seorang penggali kubur kemudian menancapkan nisan kayu di atas kuburnya. Aku merasakan perih yang ajaib di jantungku.

Demikianlah caraku menuntaskan dendam pada musuhku. Kupelajari sejarahnya, kejejaki setiap jengkal tilasnya, kurasuki mimpi-mimpinya, kurebut cita-citanya, kuselami segala pengetahuannya, hingga rahasia-rahasia pribadinya, sampai aku benar-benar mengetahui dan menguasainya. Aku lebur ke dalam kesemestaan dirinya hingga kau tidak bisa lagi membedakan diriku dengan dirinya. Maka, ketika aku berhasil membunuhnya, sebenarnya, aku telah membunuh diriku sendiri.

Kkkkhhaaaaaakk!

Publication History

The Red Bowl	Mangkok Merah	*Koran Tempo Minggu,* May 30, 2010
Mat Deroih and His Horse, Mustajab	Mat Deroih dan Kudanya, Si Mustajab	*Bung,* No. 3, 2012-2013
The Crow	Kkkkhhaaaaaakk!	*Koran Tempo Minggu,* September 16, 2007

The Translators

Marjie Suanda

Marjie Suanda came to Indonesia in 1976 with a scholarship from the Center for World Music in Berkeley, California to further her studies of Javanese traditional dance. And she stayed....

Marjie has a master's degree in English from the University of Washington, and over the years has taught and been an examiner of academic English. During the period of Reformasi, following the fall of former president, Soeharto, she became deeply involved in civil society and worked as a program officer for Ashoka Indonesia for ten years. She began translating essays for visual artists in 1997 and now keeps busy translating articles for *Tempo English*, as well as short stories, poetry and novels for Lontar, Gramedia, and other Indonesian publishers. Marjie lives in Bandung with her husband, ethnomusicologist Endo Suanda.

Joshua Ramon

Joshua Ramon Enslin is currently a student of Languages and Cultures of Southeast Asia at Goethe University in Frankfurt. He is a member of the cultural advocacy group Pencinta Panji, which supports the revitalization of ancient East Javanese culture and is responsible for the creation and technical aspects of the group's website. He is also responsible for the Indonesian language translation of the software for Museum-Digital, a network of European museums aiming to collaboratively digitize and digitally publish information on their holdings. Since 2013, he has been translating short stories and non-fictional works from Indonesian to German.